NAME: Justus Jonas
FUNKTION: Erster Detektiv
FRAGEZEICHENFARBE: weiß
BESONDERE MERKMALE: das Superhirn der drei ???; Meister der Analyse und Wortakrobatik; erstaunlich schneller Schwimmer; zu Hause auf dem Schrottplatz von Tante Mathilda und Onkel Titus; zupft beim Nachdenken an seiner Unterlippe
IST FAN VON: Tante Mathildas Kirschkuchen und Denksport aller Art

NAME: Peter Shaw
FUNKTION: Zweiter Detektiv
FRAGEZEICHENFARBE: blau
BESONDERE MERKMALE: für körperliche Herausforderungen immer zu haben, dafür kein Ass in der Schule; großer Tierfreund; Spezialist für Schlösser aller Art, die seinem Dietrichset einfach nicht standhalten können; neigt zu Vorsicht und Aberglauben
IST FAN VON: schnellen Autos (insbesondere seinem MG), der südkalifornischen Sonne, so ziemlich jeder Sportart

W0363563

Die drei
???®

Die drei ???®

und die Kammer der Rätsel

erzählt von Ben Nevis

Kosmos

Umschlagillustration von Silvia Christoph, Berlin
Umschlaggestaltung von eStudio Calamar, Girona, auf der Grundlage der Gestaltung von Aiga Rasch (9. Juli 1941 – 24. Dezember 2009)

Unser gesamtes lieferbares Programm und viele weitere Informationen zu unseren Büchern, Spielen, Experimentierkästen, DVDs, Autoren und Aktivitäten findest du unter **kosmos.de**

FSC
www.fsc.org
MIX
Papier aus verantwortungsvollen Quellen
FSC® C014496

Gedruckt auf chlorfrei gebleichtem Papier

© 2016, Franckh-Kosmos Verlags-GmbH & Co. KG, Stuttgart
Alle Rechte vorbehalten
Mit freundlicher Genehmigung der Universität Michigan

Based on characters by Robert Arthur.

ISBN 978-3-440-14832-7
Redaktion: Anja Herre, Annemarie Chiappetta
Lektorat: Nina Schiefelbein
Produktion, Layout und Satz: DOPPELPUNKT, Stuttgart
Druck und Bindung: GGP Media GmbH, Pößneck
Printed in Germany / Imprimé en Allemagne

Die drei ???®

und die Kammer der Rätsel

Eine Bitte an die Experten	7
Verwettet!	13
Leider geschlossen	19
Seltsamer Empfang	25
Die Frau mit der Ananasfrisur	31
Gefangen in Kammer EINS	39
Eine kleine Nachtmusik	48
Auf Kollisionskurs	57
Die dunkle Gruft	63
Ohne Wasser	72
Römische Bauklötze	80
Überraschung im Sarg	88
Der Weg ins Totenreich	96
Unter Strom	101
Die Zeit läuft ab	108
Justus experimentiert	116
Das Tier mit den roten Augen	122
No exit!	130
Die zwei Glücksjäger	136

Eine Bitte an die Experten

Jetzt sitzen wir richtig in der Falle, dachte Justus. *In einer tödlichen Falle!* Eingeschlossen in der Burg, gefangen im Labyrinth der Rätsel. Ohne Ausweg. *Nein,* dachte der Erste Detektiv, *das darf einfach nicht unser Ende sein!*
Und dabei hatte alles so harmlos angefangen. Die Sonne hatte geschienen in Rocky Beach. Eine leichte Brise war vom Meer heraufgeweht, sodass sich der Sommertag angenehm sanft anfühlte, geradezu verheißungsvoll. Zusammen mit seinen Freunden Peter und Bob war Justus in der Freiluftwerkstatt des Schrottplatzes damit beschäftigt gewesen, einen Stranddrachen zu reparieren, der sich in einem Fahnenmast verfangen hatte. Justus hatte die eingerissenen Teile eins nach dem anderen sorgsam wieder zusammengefügt. Bob hatte ihm ab und zu die Schere oder einen Kleber gereicht, während Peter in den Himmel geguckt und gelegentlich einen Kommentar abgegeben hatte.
Dann war der verbeulte Pick-up auf dem Schrottplatz eingetroffen.

Sofort war Peters volle Aufmerksamkeit geweckt gewesen. Es war ein Wunder, dass der Pick-up überhaupt noch fahren konnte, so zusammengeflickt, wie er war. Was Peter jedoch faszinierte, war die Wohnkabine aus Holz, die auf die Ladefläche montiert war.
Auch Justus merkte auf. »Ist Kundschaft eingetroffen?«
Ohne den Blick abzuwenden, sagte Peter: »Ein abgetakelter

Wohn-Pick-up mit einem Typen, der genau dazu passt! Vermutlich will der Kerl irgendwelche Fundstücke vom Strand verscherbeln. Deine Tante kümmert sich bereits um ihn.«

Justus' Tante war Mathilda Jonas. Seit dem Tod seiner Eltern wohnte Justus bei ihr und ihrem Mann Titus. Gemeinsam führten sie einen Gebrauchtwarenhandel. Schon hallte ihre Stimme über den Hof: »Justuuus! Peter! Bob!«

»Auch das noch!«, murmelte Bob. »Sollen wir etwa schon wieder beim Abladen helfen?«

Justus legte den Drachen zur Seite. »Sehen wir nach, was wir tun können!«, sagte er und schob Bob nach draußen.

Tante Mathilda und der Mann kamen bereits auf sie zu. Er trug einen abgetragenen Cowboyhut, unter dem blonde Locken hervorquollen. Zwischen ihnen legte der Wind ein junges, aber schon von der Sonne gegerbtes Gesicht mit einem breiten Grinsen frei.

»Das ist Jeff Ranaldo«, stellte Mathilda Jonas ihren Begleiter vor. »Er wollte euch sprechen.« Dann senkte sie die Stimme. »Euch, *nur euch*, sagte er. *Die drei ???*.«

»Ja, das sind wir!«, bestätigte Justus. Die drei ??? – so nannten sich er, Justus Jonas, und seine Freunde Peter Shaw und Bob Andrews, wenn sie als Detektive ermittelten. Dabei hatten sie schon eine Reihe kniffliger Fälle gelöst und manchen Verbrecher hinter Schloss und Riegel gebracht. Dann nickte er seiner Tante auffordernd zu.

»Tja, dann, ich … sollte jetzt wohl gehen«, murmelte Tante Mathilda und drehte sich enttäuscht um.

»Komme ich ungelegen?«, fragte der Mann, als sie weit genug entfernt war.

»Je nachdem, um was es geht«, sagte Justus. »Womit können wir dienen, Mr Ranaldo?«
Der Angesprochene ließ sein Grinsen verblassen, setzte eine ernste Miene auf und zog seinen Cowboyhut vom Kopf. Die struppigen Haare fielen ihm in die Stirn. »Nennt mich ruhig Jeff! Können wir uns irgendwo ungestört unterhalten?«
»Gerne«, sagte Justus. »Aber sagen Sie: Woher kennen Sie uns überhaupt?«
Mr Ranaldo lächelte wieder. »Es gibt den einen oder anderen Zeitungsartikel, der euch als kleine Berühmtheiten ausweist. Ich reise hin und wieder durch diese Gegend und habe von euch gelesen. Und wenn man sich in Rocky Beach umhört, wer für mein kleines Problem die größten Experten sind, dann wird nur ein Name genannt: die drei ???!«
»Das ehrt uns«, sagte Justus. »Um was genau handelt es sich bei Ihrem Anliegen?«
»Tja«, sagte der Mann, »im Grunde geht es um … Rätsel!«
Justus lächelte. Dafür waren sie wirklich Spezialisten. »Um welche Art von Rätsel?«, fragte er nach.
Jeff lächelte amüsiert. »Es geht um alle möglichen Arten von Rätseln! Unzählige Rätsel! So viele Rätsel, dass sie nur von Könnern in Bestform gelöst werden können! Aber das sollten wir bitte nicht hier besprechen.«
Erst jetzt ließ Justus von seinem Blick auf Jeff ab und sah Bob und Peter in die Augen. Von beiden registrierte er unausgesprochene Zustimmung. »Also gut«, sagte er. »Wir sind interessiert. Ich schlage vor, wir gehen … in Ihren Wagen! Dort können wir doch ungestört miteinander reden?«
Zögernd blickte ihr Besucher zu seinem Pick-up, als hätte er

darin etwas zu verbergen. Oder es war darin nicht aufgeräumt, was das Wahrscheinlichere war. Schließlich nickte er. »Wenn ihr meint … also kommt.« Er setzte sich den Hut auf und lief los. Unter den kritischen Blicken von Tante Mathilda, die sich auf die Terrasse zurückgezogen hatte, folgten ihm die drei Jungen.

Jeff schritt an das Ende des Wagens und öffnete die Tür. »Also hinein in mein Reich!«

Es war eine Art Wohnhöhle, in die die drei ??? kletterten. Auf einer offenbar selbst zurechtgezimmerten Liege stand ein kitschiges Gemälde von einem Straßenmusiker, daneben knüllte sich ein halb offener Schlafsack. Benutztes Campinggeschirr stapelte sich am Rand der Liegefläche, daneben lagen ein Berg getragener T-Shirts und ein Haufen aus zerfledderten Musikzeitschriften und zerknickten Pokerkarten. Eine Gitarre hing neben dem Bord mit der Kochgelegenheit. An der Wand erkannte Justus außerdem Ansichten von San Francisco, Los Angeles und Las Vegas. Dazu Fotos wahrscheinlich von Freunden, vorwiegend in Feierlaune, mit Whiskeygläsern in der Hand und vom Blitzlicht gebleichten Gesichtern.

»Entschuldigt das Chaos«, sagte Jeff, »aber ihr wolltet es ja so. Möchtet ihr was trinken?«

Die drei ??? warfen einen kritischen Blick auf die dreckigen Kaffeetassen. »Gerade nicht«, sagte Justus.

»Also nehmt Platz, wenn ihr einen findet!«

»Bei mir sieht es auch nicht viel anders aus«, murmelte Peter. Vorsichtig hockte er sich auf den Bettrand. Jeff nahm das Bild von der Liege und stellte es vor die Fotos. Nun konnten sich auch Justus und Bob hinsetzen. Erwartungsvoll sahen sie Jeff an.

»Tja. Es geht um eine Wette«, begann dieser und kratzte sich am Kopf. »Wie soll ich anfangen … Ich habe da letztens zwei Typen getroffen, bei einer Beachparty in Santa Monica. Wie das so ist, der Abend wurde länger und länger, und zu trinken gab es auch was, und dann kam raus, dass einer der Kerle weit oben in den Bergen hinter Los Angeles das *NO-EXIT* betreibt. Das kennt ihr doch bestimmt, oder?«

»*NO-EXIT*?«, fragte Justus zurück. »Nein, das sagt mir nichts.«

Auch Peter und Bob schüttelten den Kopf.

Jeff stieß hörbar den Atem aus. »Okaaay …«, sagte er gedehnt, »dann also erst mal dazu. *NO-EXIT*, das … Nun, da gibt es diese Räume, in die man eingeschlossen wird. Auch Escape-Rooms genannt. Aus ihnen kann man sich nur befreien, wenn man sämtliche im Zimmer installierten Rätsel knackt und so den Schlüssel zum Ausgang findet.«

Justus nickte. So ein Rätselraum hatte letztens auch in Santa Monica aufgemacht. Man zahlte ein paar Dollar Eintritt und hatte eine Stunde Zeit, die Rätsel zu lösen, die in dem Zimmer versteckt waren. Wenn man den Schlüssel in der vorgegebenen Zeit nicht fand, wurde der Raum zwar wieder aufgesperrt, doch man hatte das Spiel verloren. Natürlich hatten die drei ??? den Rätselraum gleich an einem der ersten Tage ausprobiert. In siebenundzwanzig Minuten hatten sie alle Rätsel geknackt und sich befreit.

Rekordzeit, wie ihnen der Veranstalter beeindruckt versichert hatte.

»So ein Rätselevent existiert auch in Santa Monica«, sagte Justus. »Es handelt sich um einen Themenraum: Bei sämtlichen Rätseln geht es um Kinofilme.«
»Und? Habt ihr ihn schon ausprobiert?«
Justus nickte. »Selbstverständlich. Und wir waren die Schnellsten!«
»Wow!«, rief Jeff. »Ich wusste doch, dass ich hier an der richtigen Adresse bin!« Er feixte in die Runde. »Meine Wette ist also so gut wie gewonnen!«
Bob sah Jeff irritiert an. »Was haben wir mit dem Gewinnen einer Wette zu tun?«
»Nun, ihr löst sie!«
»Wen?«
»Na, die Rätsel! In allen sieben Räumen!«
»Sieben Räume?«, fragte Justus ungläubig zurück. »Sie wollen sagen, im *NO-EXIT* muss man sich gleich durch sieben Räume rätseln?«
»So ist es!« Zufrieden sah Jeff Justus an. »Sieben Räume in sieben Stunden! Wenn ihr so weitermacht, brauche ich gar nichts mehr zu erklären! Natürlich müsst ihr sie schneller lösen als das Team meines Gegners. Denn nur dann gewinne ich die Wette!«

Verwettet!

»Ich verstehe«, sagte Bob. »Wir sollen also für Sie die Aufgaben lösen. Und warum begeben Sie sich nicht selbst ins *NO-EXIT*?«
»Weil ich bei Rätseln eine absolute Niete bin!«, entgegnete Jeff. »Ich hätte keine Chance, in einer Stunde aus so einem Raum zu kommen. Und mein Gegner auch nicht! Bruce heißt der. Ein Surflehrer, da kannst du keine Rätselkompetenz erwarten! Aber der fing plötzlich an, mit seinen Freunden anzugeben: zwei Lehrer, die schon mal im Kabelfernsehen eine Quizshow gewonnen hätten. Die kennen sich angeblich in allem aus. Er prahlte mächtig rum mit den beiden und ich war so dämlich, das übertrumpfen zu wollen: Ich würde viel cleverere Leute kennen, habe ich gesagt! Das ganze Gerede von diesem braun gebrannten Muskeltyp hatte mich provoziert, schon den ganzen Abend, versteht ihr? Und wahrscheinlich kam noch hinzu, dass ich Lehrer seit meiner Schulzeit nicht leiden kann! Ich hatte immer Angst vor denen.«
»Bei uns haben die Lehrer eher Angst vor Justus«, warf Bob ein, »weil er so vieles besser weiß als sie.«
Jeff nickte kurz, aber es war nicht ganz klar, ob er die Bemerkungen überhaupt wahrgenommen hatte. »Na, jedenfalls habe ich mich mit der Behauptung weit aus dem Fenster gelehnt!«, redete er weiter. »Und dann mischte sich plötzlich dieser Mr Sardovski ein und schlug die Wette vor. Nun stecke ich in der Klemme. Frederick Sardovski, das ist der Inhaber des *NO-EXIT*. Ein stinkreicher Kerl, aber einer von der

Sorte, mit dem du gut reden kannst. Er hat mehrere Unternehmen, vor allem im Ölgeschäft. Das Rätselschloss ist nur ein Hobby von ihm.«
»Rästel*schloss*?«, merkte Justus auf.
»Ja, oder eher eine Rätselburg. Eine echte. Sie liegt ziemlich abgelegen in den San Bernardino Mountains. Das macht das Rätseln noch geheimnisvoller.«
»Was gewinnen Sie eigentlich, wenn Ihr Team das schnellere ist?«, wollte Peter wissen.
Jetzt lächelte Jeff breit und er betonte jedes Wort: »Rate mal! Ich gewinne … einen neuen Campingwagen!«
»Wow!«, sagte Bob. »Das ist natürlich ein lohnendes Ziel! Der Surflehrer andernfalls auch?«
»Nein, Bruce würde eine schicke Holzhütte für seine Surfschule bekommen! Die ich diesem Angeber null gönne. Das Ganze ist natürlich total verrückt! Aber Sardovski ist Geld ziemlich egal – er hat ja genug – und es war ihm den Spaß wert. Ich muss zugeben, wir hatten auch ganz schön einen im Tee …«
»Das bringt mich zu der Frage, ob eigentlich ein Vertrag über die Wette existiert?«, warf Justus ein. »Nicht, dass plötzlich der eine oder andere eine Erinnerungslücke hat …«
»Und alles vergebens ist? Natürlich. Drei Ausfertigungen, eine besitze ich. Kann ich euch gleich zeigen. Aber erst mal: Seid ihr überhaupt dabei?«
Die drei ??? sahen sich an.
»Wir sollen also für Sie die Rätsel im *NO-EXIT* lösen«, fasste Peter zusammen. »Und das in möglichst kurzer Zeit. Aber was haben wir eigentlich davon?«

Jeff holte Luft. »Ich habe schon befürchtet, dass ihr das fragt. Nun, ich besitze nicht viel Geld, da will ich euch gar nichts vormachen. Ich ziehe in meinem Pick-up herum und singe zu meiner Gitarre in den Einkaufszonen. Hits – alles, was bei den Leuten so ankommt. Ich sage immer: *Popsongs von damals bis heute – für Kinder und ältere Leute!*«

»Dann sollen das auf dem Bild wohl Sie sein?«, fragte Justus und zeigte auf das Gemälde.

Jeff nickte. »Hat eine Straßenkünstlerin für mich gemalt.«

»Okay«, sagte Peter, »aber etwas werden Sie sich doch für uns überlegt haben?«

»Nun, ich zahle natürlich die Eintrittskosten für die Rätselräume. Und vielleicht wollt ihr ja auch mal einen entspannten Urlaub mit meinem neuen Campingwagen machen! Ist doch klar, dass ihr ihn benutzen dürft! Gerne auch öfter! Ich habe genug Freunde, bei denen ich in der Zwischenzeit unterkommen kann.«

Justus warf einen prüfenden Blick auf Bob, doch Peter hatte schon eine bessere Idee. »Wissen Sie was, Jeff? Wenn wir es schaffen, schenken Sie uns einfach den alten Pick-up! Den brauchen Sie doch dann nicht mehr.«

Jeff sah sich um. »Das kaputte Ding wollt ihr haben? Es ist kaum noch was wert! Aber das Auto ist mir in all den Jahren ganz schön ans Herz gewachsen …«

Peter lächelte ihn an. »Geben Sie sich einen Ruck, Jeff! Zwei Autos können Sie eh nicht gleichzeitig fahren. Mit Titus Jonas' Hilfe können wir den Wagen wieder herrichten. Und dann machen wir eine tolle Tour nach San Francisco! Was meint ihr, Kollegen?«

Bob stimmte zu, nur Justus zögerte. »Wir nehmen gewöhnlich kein Honorar«, erläuterte er und dachte nach. »Aber in dieser Angelegenheit handelt es sich ja nicht um einen detektivischen Fall. Sie wollen, dass wir für Sie eine Wette gewinnen, wovon Sie materiell profitieren würden. Da uns der Wettinhalt durchaus herausfordert, willigen wir also zu der Bedingung ein, dass wir bei einem erfolgreichen Abschluss unserer Tätigkeit – den ich natürlich nicht garantieren kann, aber von dem ich selbstverständlich ausgehe – den genannten alten Pick-up von Ihnen zum endgültigen Behalt übergeben bekommen.«
Jeff strahlte. »Dann sind wir uns also einig! Und wenn ich mal jemanden für einen abgefahrenen Text brauche, werde ich gerne auf dich zurückgreifen, Justus.«
Peter und Bob grinsten sich an.
»Eigentlich sollten Sie nun unsere Karte erhalten, wie jeder unserer Auftraggeber«, sagte Justus. »Doch da es sich nicht um einen detektivischen Auftrag handelt, müssen Sie leider darauf verzichten.«
Jeff nahm das gelassen hin und gab stattdessen den drei ??? den Wettvertrag. Die Wette wurde dort klar beschrieben und er war von allen drei Beteiligten unterschrieben.
Zufrieden gab Justus das Blatt zurück. »Danke.«
»Kein Problem.« Jeff warf das Papier auf die Musikzeitschriften. »Ich melde mich bei euch, wenn ich die Rätseltour gebucht habe! Und das so schnell wie möglich!«
»Gerne«, sagte Justus und gab das Zeichen zum Aufbruch. Zusammen verließen sie die Campingkabine.
Jeff stieg in die Fahrerkabine, setzte sich ans Steuer des Wa-

gens und ließ ihn an. Eine schwarze Abgaswolke quoll aus dem Auspuff. Jeff hupte, dann brauste er durch das Einfahrtstor nach draußen.

»Justuuus!« Tante Mathilda war von der Terrasse getreten und eilte auf die drei ??? zu. Sie hatte sie kaum erreicht, als sie schon rief: »Nun sagt schon! In was für einer Sache steckt ihr da wieder drin? Das war doch kein vertrauenswürdiger Mensch! Der ist schon einmal hier herumgestromert, als so ein aufdringlicher Kuckucksuhrensammler da war. Was habt ihr da bloß in diesem Campingwagen gemacht? Ihr habt doch nicht etwa …«

»Wir haben nichts Gefährliches zu uns genommen und uns auch sonst nicht in Gefahr begeben«, sagte Justus. »Und wir werden es auch nicht tun! Es verhält sich in diesem Fall eher … wie früher, weißt du noch, als wir damals den Knobelclub hatten! Es geht um nichts anderes als um einen Haufen Denksportaufgaben und Rätsel! Gänzlich harmlos!«

»Das sagst du immer, und einen Tag später stürmt ein Spezialkommando der Polizei den Platz!«

»Diesmal bestimmt nicht, Tante Mathilda! Und außerdem hat bisher höchstens einmal Inspektor Cotta in Begleitung eines oder zweier Kollegen vorbeigeschaut.«

»Verharmlose bitte nicht immer eure Kriminalgeschichten! Ihr würdet euch viel nützlicher machen, wenn ihr …«

»… ab und zu auf dem Schrottplatz aufräumen würdet. Aber ja, Tante Mathilda.« Justus ging auf sie zu und nahm sie in den Arm. »Ich weiß, die Reifen sollen umgelagert werden. Gleich helfen wir dir ein wenig, versprochen. Wir müssen nur noch ganz kurz etwas besprechen!«

Man sah deutlich, dass Mathilda Jonas ein Einwand auf der Zunge lag, doch besänftigt von Justus' Geste nickte sie nur und ließ die drei Jungen gehen.
Justus, Peter und Bob zogen sich in den Campingwagen zurück. In *ihren* Campingwagen. Er stellte die Zentrale ihres Detektivbüros dar. Allerlei Gerümpel, rostige Bleche, ausrangierte Schränke und alte Holzlatten hielten ihn vor neugierigen Blicken anderer verborgen. Hier hatten die drei ??? ihre Ruhe und konnten sich ungestört beratschlagen.
»Sieben Rätselräume, das wird bestimmt der Hammer!« Bob hatte sich in den Sessel fallen lassen. »Ich freue mich riesig drauf! Der in Santa Monica hat schon so viel Spaß gemacht!«
»Und den alten Campingwagen würde ich wirklich gerne haben!«, sagte Peter und schnappte sich eine Cola. »So schlecht sein Zustand auch ist, diese Holzverkleidung hat einfach Stil! Stellt euch mal vor: Wenn wir ein paar Tage freihaben, fahren wir los zu den tollen Stränden im Norden! Mit Cola, Grill und Surfbrettern. Nachts bleiben wir einfach da …«, er zog sich einen Stuhl herbei und setzte sich neben Justus, der vor dem Computer Platz genommen hatte, »… und schauen in die Sterne! Aber sagt mal ehrlich: Glaubt ihr die Story von Jeff? Vertraut ihr ihm? Eine Wette, eine Rätselburg, ein reicher Typ aus dem Ölgeschäft, das klingt natürlich alles verlockend, das muss ich ja zugeben! Aber nicht vielleicht sogar zu verlockend? Ihr wisst doch ganz genau, wie das immer bei uns endet …«

Leider geschlossen

Wenige Tage später reisten die drei ??? in die San Bernardino Mountains. Sie waren früh aufgestanden. Schweigend steuerte Bob seinen VW Käfer durch den morgendlichen Verkehr.

Justus saß auf dem Beifahrersitz und redete unablässig. Das Thema hieß: *Wie überzeuge ich Peter, dass sich die Geschichte dieses Mal nicht zu einem erst mysteriösen, dann aufregenden und schließlich total lebensgefährlichen Drama entwickelt?*

»Es handelt sich um eine ganz normale Wette, Peter!«

»Ja, aber …«

»Eine Wette ist kein *Fall*! Und Jeff Ranaldo erschien mir sehr glaubwürdig als Rumtreiber und Glücksjäger.«

»Das schon, aber …«

»Und das *NO-EXIT* existiert. Es gehört auch einem Frederick Sardovski. Ich habe ihn zwar nicht sprechen können, aber das ist auch kein Wunder. Er ist ganz groß im Ölgeschäft, das kannst du alles nachlesen.«

»Das bezweifele ich ja gar nicht, aber …«

»Und Sardovski hat sich zur fraglichen Zeit in Santa Monica aufgehalten. Bob hat das alles genauestens recherchiert. Sardovskis Jacht lag im Hafen von Marina Del Ray, es gab ein Fest dort. Alles passt doch!«

»Ich weiß, aber …«

»Peter, wir haben es überprüft! In Kürze werden wir ganz normal an einer ganz normalen öffentlichen Veranstaltung teilnehmen, zusammen mit ganz normalen Menschen!«

»Wir werden eingeschlossen sein, Justus!«

»Das *NO-EXIT* hat seine Regeln und Vorschriften. Man wird uns die ganze Zeit beobachten und jederzeit herauslassen, was soll uns da passieren! Tag für Tag fahren Besucher dorthin. Einfach um zu rätseln.«

»Das sind aber nicht wir!«

»Peter, wir werden gegen zehn Uhr dort sein. Wenn wir für die sieben Räume sieben Stunden brauchen, dann sind wir spätestens gegen sechs wieder auf dem Rückweg. Und ich gehe davon aus, dass wir sehr viel schneller erfolgreich sein werden. Mit etwas Glück sind wir sogar zum Sonnenuntergang in Palm Springs und können dort wie geplant den Rest der freien Tage in der Sonne verbringen!«

»Ja, ich weiß doch! Nur …«

»Nur … was?«

»Nur … trotzdem!«

»Nur trotzdem.« Justus holte Luft. Dazu gab es keine Gegenargumente mehr.

»Trotzdem wird etwas schiefgehen, du wirst sehen!«, sagte Peter hinten von der Rückbank. »Ich bezweifle gar nicht mal die Geschichte mit der Wette. Aber dann läuft eben etwas anderes aus dem Ruder! Ich kenne das doch. Dieser Besitzer, Sardovski – vielleicht ist er psychisch gestört und bunkert uns für immer und ewig ein!«

»Der Inhaber ist gar nicht vor Ort, sondern nur ein Mr Rod Norman, der Pächter.«

»Dann eben der! Die Burg heißt *NO-EXIT*. Wenn das kein schlechtes Omen ist! Weißt du, was ich glaube? Du freust dich so sehr auf die Rätsel, dass dir alles andere egal ist!«

»Das tue ich wirklich, Peter! Und außerdem gibt es keine Omen. Nein, es wird ein Riesenspaß werden! Und sogar noch kostenlos für uns! Die Rätseltour ist ganz schön teuer!« Sie schwiegen. Friedlich tuckerte der VW-Motor vor sich hin.

»Abbiegen, Bob«, sagte Justus plötzlich, »hier musst du abbiegen.«

»Alles klar, Erster.« Bob hätte das schmale Schild, das die Richtung zur Burg anzeigte, fast übersehen. Er bremste und steuerte den VW auf den kleinen Fahrweg, der hinauf in die Berge führte. Sie fuhren durch einen dichten Wald. Das würde noch eine Weile so weitergehen, über zwanzig Meilen, wie Justus wusste. War die bisherige Straße schon wenig befahren gewesen, so wurde es jetzt richtig einsam. Ihnen begegnete kein Auto.

»Eine richtige Ortschaft existiert da oben nicht, oder?«, fragte Peter.

»Nein. Aber die Burg mit Restauration. Und entspannten gastfreundlichen Menschen, die *ganz normal* damit ihr Geld verdienen.«

»Ja, Justus, ja«, sagte Peter und sah weiter zu, wie die Bäume an ihnen vorbeizogen.

Nach einigen Meilen wurde der Weg noch steiler und kurviger. Bob gähnte, lenkte den Wagen um eine enge Biegung und wollte schon wieder lässig eine Hand vom Steuer nehmen, als er erschrocken aufschrie.

Autoscheinwerfer blendeten ihn, Bremsen kreischten. Bob umklammerte das Lenkrad und warf es herum. Ein dunkler Wagen schoss vorbei und streifte beinahe den VW, der ins

Trudeln kam und schließlich holpernd auf dem schmalen Seitenstreifen stehen blieb. Bob würgte den Motor ab und drehte sich um. »So ein Depp! Der fuhr ja mitten auf der Straße! Und viel zu schnell! Fast hätte ich uns gegen einen Baum gesetzt!«
Auch Justus holte erst einmal Luft und drehte sich zur Seite. »Alles klar bei dir, Peter?«
Durch Bobs Ausweichmanöver hatte sich Peter schmerzhaft am Gurt gequetscht und war fast zeitgleich von einem Brillenetui getroffen worden, das hinten von der Ablage geflogen war. Er rieb sich den Nacken. »Passt schon. Ich sage es ja, unfreundliche Gegend hier!«
»Habt ihr den Fahrer erkennen können?«, fragte Bob.
»Leider nein«, sagte Justus.
»Das ging alles viel zu schnell«, rief Peter. »Aber ich glaube, es war nur eine Person im Auto.«
»Mir schien es, als wären es zwei gewesen«, sagte Bob.
»Mitunter ist das Autofahren gefährlicher als unsere Fälle«, sagte Justus. »Warten wir sicherheitshalber noch einen Moment, bevor wir weiterfahren. Vielleicht wird der Wagen verfolgt, was einen Grund für dessen hohe Geschwindigkeit darstellen könnte.«
Bob nickte. Er musste sich sowieso erst mal von dem Schreck erholen. Als in den nächsten Minuten kein zweites Fahrzeug mehr auftauchte, gab er sich einen Ruck, startete den Motor und drückte auf das Gas.
»Ich hoffe nicht, dass diese Begegnung schon zu diesem großartigen Rätselprogramm gehört«, sagte Peter, als sie wieder auf der Straße waren.

»Vielleicht saßen ja unsere Gegner drin, die Lehrer, die panikartig aus einem Horrorraum geflohen sind!«, versuchte es Justus mit einem Scherz.
Doch niemand lachte.
Nach gut zehn Minuten entdeckten sie ein großes Holzschild am Straßenrand, das zu einem Parkplatz wies, der seitlich im Wald liegen musste. *NO-EXIT*, stand in schwarzen Buchstaben darauf, darunter prangte ein verschnörkelter Richtungspfeil. Zwischen den Buchstaben spannten sich liebevoll hineingezeichnete Spinnweben.
Doch die waren es nicht, was die drei ??? überraschte. Ein weißes Pappstück, das auf das Holz genagelt war, erregte ihre Aufmerksamkeit. Die Aufschrift: *Heute leider geschlossen!*
»Was soll *das* denn?«, fragte Bob und stoppte den Wagen. »Jeff hat uns doch für heute angemeldet! Sind wir etwa den ganzen Weg umsonst gefahren? Justus, du hast doch die Unterlagen!«
Irritiert zog Justus den Ausdruck der E-Mail von Jeff aus der Jacke. »Das Datum stimmt!«, sagte er. »Heute ist unser Termin. Die schlauen Lehrer kommen eine Woche später. Jeff wird sich doch nicht vertan haben?« Er zuckte mit den Schultern. »Am besten sehen wir mal vor Ort nach dem Rechten!«
»Soso«, murmelte Peter. »*Sehen wir mal vor Ort nach dem Rechten*. Ich sage lieber nichts dazu!«
»Danke«, erwiderte Justus.
Nach gut hundert Metern öffnete sich der Wald und gab den Blick auf einen Hang frei. Unwillkürlich bremste Bob

ab. Vor ihnen, leicht erhöht, thronte die Burg. Sie war kleiner, als sie im Internet ausgesehen hatte, aber mit ihrem schwarzen Gestein wirkte sie ziemlich unheimlich zwischen den dicht stehenden Bäumen, in die sie wie eingepasst schien. Ein massives Gebäude bildete ihr Zentrum, an dessen beiden Längsseiten sich je ein runder Turm anschloss: Der Hauptturm links war etwas höher als der Wachturm rechts. Aus einem Schornstein stieg Rauch auf.

»Auf alle Fälle ist jemand da!«, sagte Justus.

Ein schmaler Weg führte von der Burg hinab zu einem Parkplatz, der vor ihnen auf der Ebene lag. Gut zwanzig Autos konnten hier stehen, schätzte Justus. Doch heute war der Platz fast leer. Nur ein Wagen parkte da. Der unauffällige ältere Chevrolet stand etwas abseits des Weges, der hinauf zu der Burg führte.

»Seltsam«, sagte Bob und ließ sein Auto neben den Chevrolet rollen, »wo sind denn die anderen Gäste?«

»Die werden sich die Fahrt gespart haben und oben bei dem Schild umgedreht sein«, antwortete Justus.

Bob stieg aus. Das Rauschen des Windes war in den Bäumen zu hören. Ansonsten war alles still. Kein Mensch war zu sehen.

»Gehen wir?«, fragte er.

Seltsamer Empfang

Justus stieg aus und klappte die Sitzlehne nach vorne, um Peter herauszulassen. Der Erste Detektiv wollte gleich losgehen, aber Peter hielt ihn zurück. »Lass uns erst das andere Auto checken!«

Justus nickte, neugierig war er immer. Gemeinsam umrundeten sie den Chevrolet und warfen ein paar Blicke durch die Seitenfenster. Nichts Besonderes, eine angebrochene Zigarettenschachtel, leere Bierdosen und alles ein wenig dreckig.

Mehr aus Routine heraus betätigte Peter die Kofferraumöffnung. Die Klappe wippte sofort hoch. »Das Schloss ist kaputt«, sagte er erstaunt und beugte sich über das Innere. »Öllappen … eine Straßenkarte … und … das ist ja seltsam!«

»Was denn?«, fragte Justus und trat näher.

Peter hatte die Karte herausgenommen. »Sie ist genau so gefaltet, dass Rocky Beach sichtbar ist! Und dann hat jemand in dem Gebiet, in dem auch der Schrottplatz liegt, mit Kugelschreiber ein Zeichen gemacht. Zufall?«

»Hmm«, sagte Justus. Tatsächlich befand sich auf der Karte eine schlampig eingezeichnete Markierung. »Hier liegt das Gebrauchtwarencenter«, sagte Justus nachdenklich und deutete mit dem Finger auf die Karte. Dann hob er sie an und hielt sie gegen das Licht. »Das gibt es doch nicht!«, rief er laut aus. »Genau über dem Schrottplatz ist ein fetter Totenkopf eingezeichnet!«

»Was?«, rief Peter entsetzt.

»War nur ein Spaß, Zweiter!« Mit einer schnellen Handbewegung warf Justus die Karte zurück und klappte den Kofferraum zu. »Du erinnerst dich daran, was Inspektor Cotta immer sagt? Das ist Einbruch in fremdes Eigentum!«
»Das Auto stand verloren in der Gegend herum und war sperrangelweit offen!«, verteidigte sich Peter, der Justus' Bluff noch nicht ganz verkraftet hatte. »Ich wollte nur helfen, es seinem Besitzer zukommen zu lassen.«
»Sehr ehrenhaft von dir«, sagte Bob. »Aber können wir nun gehen?«
Missmutig wandte sich Peter vom Chevrolet ab. Die Aussicht auf hunderte von Rätseln hatte seinen Detektivkollegen offensichtlich den Blick vernebelt.
Sie brauchten gut fünf Minuten, bis sie über die kleine Anhöhe die Burg erreicht hatten. Der Weg führte direkt auf ein schwarz gestrichenes massives Holztor zu, das mit einem goldenen Türklopfer geschmückt war. Er steckte im Maul eines Messinglöwen. Direkt darunter war wieder ein Pappschild genagelt: *Heute geschlossen!*
Bob versuchte, die Tür zu öffnen, doch sie war zugesperrt.
»Vielleicht gibt es noch einen anderen Eingang«, überlegte Justus und trat einen Schritt zurück. »Nur hohe Mauern …«
»Dann versuche ich es lieber mal mit Klopfen«, sagte Bob und knallte den goldfarbenen Metallring heftig gegen das Tor. »Irgendjemand muss doch da sein!« Er wiederholte das ein paarmal, bis sie von der anderen Seite der Tür her Schritte hörten.
Ein Riegel wurde zurückgeschoben, dann wurde die Tür einen Spalt weit geöffnet. Schemenhaft war ein älterer Mann

zu erahnen. »Was wollt ihr?«, fragte er barsch. »Habt ihr nicht gelesen, dass heute geschlossen ist?«

»Wir … wir haben hier ein Bestätigungsschreiben!« Schnell hatte Justus die Unterlagen zur Hand und wedelte sie durch die Luft. »Wir haben gebucht! Gebucht und bezahlt! Mr Norman! Sie müssen uns einfach hineinlassen!«

»Ich bin nicht Norman«, raunzte der Mann.

»Dann lassen Sie uns bitte mit ihm sprechen!«

»Das geht nicht. Es ist nicht da. Darum ist auch geschlossen!«

»Wie … *nicht da*?«, fragte Bob. »Einfach so?«

»Er … hat einen wichtigen Banktermin.«

»Und Sie können uns nicht empfangen?«, fragte Justus. »Wer sind Sie eigentlich?«

»Ach! Und wer seid ihr?«, fragte der Mann zurück.

»Justus Jonas, Peter Shaw und Bob Andrews! Bereit, die sieben Räume zu erobern!«

»Wir sind die von der Wette«, ergänzte Bob.

»Davon weiß ich nichts.«

»Vielleicht hat Sie Mr Norman darüber nicht informiert! Wir werden die Rätsel in Rekordzeit lösen!«

»Hmm.« Der Mann öffnete das Tor ein Stück weiter, sodass mehr Licht in das Innere fiel. Jetzt konnten die drei ??? ihn genauer erkennen. Er schien um die sechzig zu sein und hatte seine wenigen Haare hinten zu einem Zopf zusammengebunden. Dafür sprießten die Barthaare umso prächtiger. Mit seiner Lederjacke sah er aus wie der Anführer einer Motorradgang. »Mein Name ist Andy McBranton«, sagte er in nicht mehr ganz so rauem Ton. »Oder Andy McBrandy, wie ich manchmal auch genannt werde.« Er gluckste über die Bemerkung. »Ich helfe hier ab und zu aus. Vielleicht ist das gar keine so schlechte Idee mit euch.« Er musterte die drei ??? der Reihe nach. »Wenn ihr schon extra gekommen seid, sollt ihr auch etwas davon haben! Dann kommt mal rein!« Er tat einen Schritt zur Seite, sodass die drei ??? den dämmrigen Raum betreten konnten. Es war eine große Empfangshalle. Links standen alte Sessel, weiter hinten befand sich ein Empfangstresen, an dem man sich anmelden konnte. Rechts fiel den drei ??? eine Sicherheitsschleuse auf, wie man sie von Flughäfen her kennt. Hinter ihr ging es an ein paar Blumenkübeln vorbei zu einer Tür. Über ihr glänzte in einer verschlissen anmutenden blutroten Schrift *Die sieben Kammern der Rätsel*, darunter ein Schild, auf dem schlicht ›EINS‹ stand.

»Da geht es also los«, sagte Justus und deutete auf die Tür.

Andy McBrandy nickte.

»Und? Sind die Regeln ähnlich wie in den anderen Rätselräumen? Man darf nicht ins Internet und kein Werkzeug mitnehmen?«

»Ach ja, die … Regeln.« Andy McBrandy lief hinter den Tresen, wühlte in Papieren herum und drückte den drei ??? schließlich ein Blatt in die Hand. »Da habt ihr alles!«, sagte er und schaute selbst auf ein weiteres Exemplar. »Über die Rätsel müsst ihr Stillschweigen bewahren … denn wenn die bekannt werden, können wir unseren Laden hier dichtmachen … Damit ihr während der Arbeit nichts recherchieren könnt, herrscht Handyverbot!« Er wies auf die Sicherheitsschleuse. »Ich kontrolliere das. Überhaupt kein Metall. Ihr dürft nichts aufschrauben oder zerstören. Alle Rätsel lassen sich lösen, ohne dass etwas kaputtgeht. Und alles geschieht auf eure Verantwortung. Hat einer von euch Raumangst? Kriegt Panik in engen Zimmern?«

»Nein«, sagte Justus für alle. »Wir hatten uns auch bereits über die Regeln informiert.«

»Herzbeschwerden? Psychische Probleme?«

»Nein, nein«, sagte Justus. »Auch keine besonderen Allergien.«

»Gut. Wie dem auch sei. Unterschreibt mir das. Wenn etwas passiert, ist das euer Risiko. Seid ihr alt genug?«

Justus nickte flüchtig und unterschrieb.

Auch Peter und Bob zückten den Stift und unterzeichneten rasch die Zettel.

»Gut. Kauft euch sicherheitshalber bei mir was zu essen und zu trinken.«

»Toiletten?«, fragte Peter.

»Toiletten … eine Toilette gibt es. Ja, nach Raum vier«, sagte der Mann und zeigte auf einen Plan, der an der Wand hing. »Hoffen wir mal, dass euch das reicht!« Wieder gluckste er in sich hinein.

»Notausgänge?« Peter fragte weiter.

»Notausgänge … Jungs, die braucht ihr nicht! Ich werde euch die ganze Zeit bei eurer Rätselarbeit zusehen! In jedem Raum sind Kameras installiert. Wenn etwas passiert, kann ich mit dem Schlüssel rein und euch holen. Wenn ihr absolut nicht weiterkommt, könnt ihr über Funk Tipps von mir bekommen. Ihr erhaltet dazu ein Sprechfunkgerät.«

»Die Bedingung ist, dass wir die Rätsel ohne Hilfe lösen«, sagte Justus, »und wir werden es auch tun!«

»Na denn«, sagte der Mann.

»Aber das Funkgerät nehmen wir trotzdem mit«, setzte Peter hinzu. »Sicher ist sicher! Es ist auf alle Fälle gut zu wissen, dass Sie noch da sind und auf alles achtgeben. Aber was passiert eigentlich, wenn Ihnen selbst etwas zustößt?«

»Du meinst, wenn mich hier der Schlag trifft?« McBrandy lachte röhrend. »Und ihr in einem der Räume feststeckt? Nun, deswegen sind wir normalerweise zu zweit. Dann ist immer noch einer da, der Hilfe holen kann. Aber heute müsst Ihr schon meiner guten Gesundheit vertrauen. Oder eben doch gleich wieder nach Hause fahren.«

»Das kommt nicht infrage!«, sagte Justus. »Und außerdem wird Mr Norman ja später in die Burg zurückkehren, oder?«

McBrandy wollte etwas antworten, als das Eingangstor aufgestoßen wurde. Jemand trat ein. Im hellen Gegenlicht konnten die Anwesenden nicht erkennen, wer es war. Sie sahen nur einen dunklen Schatten, der sich auf sie zubewegte. Offensichtlich hatte noch eine weitere Person die Rätselreise gebucht.

Die Frau mit der Ananasfrisur

Der neue Gast schmiss schwungvoll die Tür hinter sich zu und kam näher.

Als Erster fand McBrandy seine Worte wieder. »Was wollen Sie hier?«, rief er der Person entgegen. »Wir haben geschlossen!«

Es war eine Frau, wie die drei ??? nun erkannten.

Statt einer Antwort rief sie: »Gibt es denn hier kein Licht?«

»Der Schalter ist kaputt«, knurrte McBrandy. »Und wenn Sie Ihre Sonnenbrille entfernen, Mylady, können Sie auch sehen, wen Sie vor sich haben!«

»Ich habe jedenfalls eine Rätseltour gebucht!«, rief die Frau und schob sich tatsächlich die Brille ins Haar. »Und auch bezahlt! Und nun kleben da überall diese dummen *Heute-geschlossen*-Schilder! Sie wollen mir doch nicht etwa sagen, dass ich den ganzen Weg umsonst gekommen bin? Warum haben Sie mich nicht benachrichtigt, Mr Norman? Ist Kundenservice so schwer?«

»Ich bin nicht Mr Norman, Mylady«, sagte McBrandy langsam.

Die Frau ignorierte seinen Hinweis und warf einen Blick auf die drei ???. »Aber … ihr seid ja auch da! Wunderbar! Meine drei Jungs! Dann kann es also doch losgehen?« Sie trat einen Schritt auf sie zu.

»Gehört die zu euch?«, fragte der Mann Justus.

»Nicht dass ich wüsste«, erklärte der Erste Detektiv, und es klang wie *Hoffentlich nicht!*. Äußerst reserviert betrachtete er die Frau, die sich da vor ihnen aufgebaut hatte. Sie war vielleicht Ende zwanzig. Ihre braunen Haare hatte sie auf dem Kopf zu einer Art Ananasfrisur zusammengebunden. Über ihrer Schulter hing ein Rucksack in kreischenden Farben, wie es sie an den Ständen von Venice Beach für wenig Geld zu kaufen gab. Sie trug knöchellange enge Jeans, hohe Stöckelschuhe und ein weißes T-Shirt mit dem Schattenriss einer tanzenden Mädchenfigur, die Kopfhörer trug und gut sie selbst sein konnte.

»Natürlich gehören wir zusammen!«, sagte die Frau entschieden. »Es kann doch sowieso immer nur *eine* Gruppe rätseln! Und heute sind die Jungs von der Wette dran! Justus, Peter und Bob! Das seid ihr doch?«

»Äh, ja.« Peter räusperte sich überrascht.

Die Frau musterte ihn intensiv. »Na, du bist mir aber ein Hübscher!«, sagte sie langsam. »Da habe ich ja großes Glück! Hast du 'ne Freundin?«

»Ich glaube, Sie unterliegen da einem äußerst spezialgelagerten Irrtum!«, warf sich Justus dazwischen. »Wir werden die Aufgaben selbstverständlich zu dritt lösen und nicht zu viert!«

»Das werdet ihr auch!« Nun wandte sich die Frau an Justus. »Du bist bestimmt Justus Jonas, der mit der Festplatte im Hirn! Jeff hat mir von dir erzählt. Aber umgekehrt hat er euch wohl nichts von mir gesagt?« Sie lachte gellend. Justus sah die Einstichlöcher in ihren Lippen. Sie hatte dort mal einen Piercingring getragen. »Er hat wohl gedacht, dass ihr euch drückt, wenn ihr mich seht? Typisch Jeff! Tja, da hast du jedenfalls Pech gehabt, Justus! Ihr werdet die Rätsel allein lösen, das ist schon klar! Aber ich werde euch begleiten! Ich bin nämlich die Schiedsrichterin. Oder Aufpasserin, ganz wie ihr wollt!«

»Wie … Schiedsrichterin?«, fragte Peter.

»Na, dass keiner betrügt! Jeff, Bruce und Mr Sardovski, alle haben mich akzeptiert. Wieso sollte *mich* auch jemand ablehnen! Tja, und da bin ich nun!«

»Das ist … wir …«, stotterte Bob und holte Luft. »Wie heißen Sie überhaupt?«

»Sandy. Nennt mich einfach Sandy!«

»Also, Sandy«, mischte sich der Mann wieder ein. »Ich habe nicht ewig Zeit. Sind Sie nun dabei oder nicht?«

»Natürlich bin ich dabei!«

»Dann lesen Sie sich das durch und unterschreiben!«

»Aber gerne!« Während sich Sandy über das Papier beugte, wechselten die drei ??? fassungslose Blicke. Nun war es Justus, der kurz davor war, wieder nach Hause zu fahren.

Doch Bob zuckte mit den Schultern. »Was soll's«, flüsterte er. »Wir haben schon Schlimmeres erlebt. Und in unseren Pick-up-Camper müssen wir sie ja nicht einladen!«

McBrandy nahm das von Sandy unterschriebene Papier zurück und legte es zu den anderen Blättern. »Noch irgendwelche Getränke? Chips, Sandwiches, Süßes?«, fragte er und deutete auf die Kühltheke. »Dann könnt ihr das jetzt kaufen. Danach werdet ihr lange allein unterwegs sein und ein Kiosk liegt leider nicht auf eurer Route!«

Sandy schüttelte den Kopf, doch Justus hatte die Auswahl in der Theke ohnehin längst im Blick. »Wir haben zwar einiges eingepackt, aber ein paar Sandwiches mehr könnten bestimmt nicht schaden«, sagte er.

»Na, dann sag an!«
»Bitte schön davon zwei Stück!« Justus drückte den Finger auf die Glasscheibe. »Ja, die mit der Salami! Und von den Schinkensandwiches auch, doch, ja, beide ... dann noch das da, ja, genau, und das mit der gemischten Auflage auch ... und hier, die beiden mit Käse bitte ebenfalls gerne dazu, die werden ja nur schlecht sonst!« Er entdeckte ein weiteres Fach. »Und selbstverständlich noch die Muffins!«
»Alle?«
»Ja, alle.«
Andy McBrandy packte das Essen ein und drückte Justus eine große Tüte in die Hand, die der Erste Detektiv unter den weit geöffneten Augen von Peter und Bob in seinen Rucksack stopfte.
»Gib mir einfach einen Zwanziger«, sagte der Mann.
Justus rechnete überschlägig nach und drückte McBrandy zwei Scheine in die Hand. »Das ist sehr in Ordnung, vielen Dank! Bei diesem Mengenrabatt würde ich ausnahmsweise auch noch die Schokoriegel und die Croissants mitnehmen. Man weiß ja nie. Für einen Zehner?«
»Okay«, sagte McBrandy.
Der Mann drückte Justus die Waren in die Hand und schob die Scheine in die Kasse.
»Wieso haben Sie eigentlich solche Unmengen an Sandwiches vorrätig, wenn doch geschlossen ist?«, fragte Peter.
McBrandy sah ihn entgeistert an. »Meine Güte, auf diese Burg kommen wirklich viele Schlaumeier. Es war halt sehr überraschend, dass Rod heute wegmusste! Sonst noch irgendwelche Fragen? Andernfalls könnt ihr jetzt starten!

Wobei ihr noch durch die Kontrolle müsst! Euer Zeug könnt ihr in eins der Sicherheitsfächer einschließen. Ja, die da an der Wand! Schließlich sollt ihr keinerlei Hilfen dabeihaben, kein Internet, kein Werkzeug! So steht es auf dem Zettel!«

Dem Metalldetektor gegenüber waren zehn Depots in die Wand eingelassen, die jeweils durch ein Zifferndisplay gesichert werden konnten.

»Müssen wir wirklich alles dalassen?«, fragte Peter. Er trug ein kleines Geheimnis bei sich. Selbst Justus und Bob wussten es nicht: Für alle Fälle hatte er sein Dietrichset eingesteckt! Mit dessen Hilfe hoffte er die Türen auch ohne die Rätsel öffnen zu können – falls nötig.

»Na ja, ich will mal nicht so streng sein«, sagte McBrandy.

Erleichtert atmete Peter aus.

»Nein, wir geben bitte alles ab!« Das war Sandy, die energisch dazwischenging. »Saubere Bedingungen! Sonst wird hinterher das Wettergebnis noch angezweifelt!«

»Das versteht sich doch von selbst!«, sagte Justus, der von Peters Gedanken keine Ahnung hatte.

Der Zweite Detektiv zögerte kurz, ob er etwas sagen sollte, dann machte er sich mit Justus, Bob und Sandy daran, die Wertsachen in den Safe zu legen. Geldbeutel, Handy, Autoschlüssel und auch die Taschenlampen, die sie sicherheitshalber mitgenommen hatten, legten sie brav in ihre Fächer. Nur das Dietrichset nicht, das brannte wie heißes Eisen an Peters Bein.

Verpflegung durften sie für die nächsten Stunden natürlich mitnehmen. Sie sollten in spezielle Taschen aus Baumwolle

gepackt werden, wie ein Schild verkündete, das – wie die Taschen selbst – seitlich neben den Schließfächern hing. Alle suchten noch die Toilette auf, dann waren sie startklar.
»Bitte schön!«, sagte McBrandy und zeigte auf die Sicherheitsschleuse. »Und immer der Reihe nach!«
Als Erster lief Justus hindurch. Er war »sauber« und das Gerät reagierte nicht. Der Erste Detektiv schritt an den Pflanzenkübeln mit den Ficusbäumen vorbei und stellte sich neben der Tür von EINS auf. Der Schlüssel steckte von außen im Schloss.
Peter ließ Bob den Vortritt, der es Justus nachtat. Bei ihm blieb die Schleuse ebenfalls ruhig.
Dann winkte Peter auch noch Sandy vorbei.
»Wie charmant!« Sie lächelte ihn an, während sie auf ihren High Heels vorbeistolzierte und dann die Personenkontrolle ins Visier nahm.
Peter hörte ihre Armreifen klappern, da ging auch schon der Alarm an und eine rote Blinklampe flackerte los.
»Huch!« Vor Schreck kam Sandy ins Stolpern und konnte sich gerade noch an einem der Kübel festhalten, sonst wäre sie direkt zu Boden gegangen.
»Die Armreifen!«, rief Justus grinsend, während er bereits das erste Sandwich testete.
Die junge Frau rappelte sich hoch, zog die Reifen ab und ging an der Schleuse vorbei zurück zu den Schließfächern. »Sorry, Leute, man kann ja nicht an alles denken! Wie ging mein Code noch mal? *Eins – zwei – drei – vier* hatte ich mir, glaube ich, ausgedacht …«
Peter trat neben sie und murmelte: »Ich fürchte, ich habe

auch etwas vergessen!« Er wartete, bis Sandy fertig war, dann bückte er sich, schob möglichst unauffällig das Hosenbein hoch und entfernte das Dietrichset vom Klettverschluss, den er über den Knöchel gebunden hatte. Verstohlen schob er das Set in sein Fach.

Inzwischen war Sandy ohne Probleme durch die Schleuse gelangt, räumte ein paar Blätter des Ficusbaums auf, die sie bei ihrem Sturz abgerissen hatte, und gesellte sich zu Justus. Der konnte sich ein Grinsen nicht verkneifen.

Ohne sein Dietrichset kam dann auch Peter glatt durch die Schranke.

»Also wären wir so weit!« McBrandy schnappte sich ein Funkgerät und überreichte es Justus. »Wie das funktioniert, wisst ihr, denke ich? Kanal zwei, wie ich sehe, alles so weit eingestellt.«

»Okay«, sagte Justus, »das bekommen wir hin!«

»Gut. Und hier habt ihr den Zeitnehmer. Ich bin gespannt, wie lange ihr für den Durchgang braucht. Wenn ihr bis heute Abend nicht zurück seid, hole ich die Polizei!« Er lachte in sich hinein. »Oder auch nicht. Na ja, kleiner Scherz. Ihr werdet es schon schaffen! So, ich stelle die Stoppuhr auf null. Die bekommt … ja … Sie sind die Schiedsrichterin, Sandy, dann gebe ich die wohl Ihnen! Sie wissen, wie man so etwas bedient?«

Sandy warf ihm einen bösen Blick zu und nahm die Uhr entgegen.

McBrandy trat an die Tür und drehte den Schlüssel herum. Dann hob er den Kopf. »Seid ihr so weit? Bitte alle auf Start! Und los!«

Er trat einen Schritt zur Seite und die drei ??? drängelten sich in den abgedunkelten Raum. Als Letzte kam Sandy hinterher.
McBrandy drückte die Tür zu. »Viel Spaß«, klang es dumpf von außen. Dann hörte man, wie der Schlüssel herumgedreht wurde. Das Schloss klickte.
Peter legte seine Hand auf den Türgriff und drückte einmal fest dagegen.
Die Tür war wirklich zu. Und sie war sehr stabil, wie der Zweite Detektiv ohnehin schon geahnt hatte. Ein seltsames Gefühl, dachte er, eingeschlossen zu sein. Entspannen würde er sich für den Rest des Tages wohl nicht.

Gefangen in Kammer EINS

Als Erstes suchte Justus den Lichtschalter. Gleich neben der Tür befand sich ein Dimmer, mit dem man das Licht stufenlos heller drehen konnte. Die drei ??? sahen sich um. Sie waren in einen etwa sechs mal sechs Meter großen, fensterlosen Raum gelangt. Die Einrichtung sah aus, als stamme sie aus einem alten englischen Haus. Etwa in der Mitte des Zimmers hatten die Veranstalter einen Tisch mit ein paar Stühlen, eine lederne, weinrote Chesterfield-Couch und zwei passende Sessel platziert. Sandy nahm einen davon gleich in Beschlag, schlug die Beine übereinander und verkündete: »Dann gebt mal Gas, Jungs!«

Doch die drei Detektive studierten erst einmal ihre Umgebung. Die Tür zu ZWEI befand sich in der Wand gegenüber der Eingangstür. Sie war schwarz, besaß einen kleinen Knauf und war ansonsten vollkommen glatt. Über dem Knauf hatte der Betreiber neben einem kleinen Spiegel ein Nummerndisplay angeschraubt, dessen Code man vermutlich herausfinden musste, um einen Raum weiter zu kommen. Die Rätsel, die zu dem Code führten, würde man irgendwo in dem Zimmer finden und dann richtig zusammensetzen müssen.

Raum EINS schien auf den ersten Blick kein Themenzimmer zu sein, wenn man einmal von der stilecht englischen Ausstattung absah. Onkel Titus hätte seine Freude gehabt. Ein Regal aus Walnussholz mit massivem Unterbau, eine abgenutzte, aber sehr schöne Kommode und ein Mahagonischreibtisch mit vielen kleinen Schubfächern komplettierten die Einrichtung. Sie stammten zwar, wie Justus erkannte, nicht alle aus der gleichen Zeit, passten aber hervorragend zusammen. In einer Ecke sorgte eine Stehlampe für weitere Atmosphäre. Justus kam sie sehr bekannt vor. Er war sich fast sicher, sie schon auf dem heimischen Schrottplatz gesehen zu haben. Vielleicht gehörten die Rätselveranstalter zu den vielen Kunden von Titus Jonas, was nicht weiter verwunderlich wäre bei dem bunten Inventar, das sie für ihre Räume brauchten.

Peter zeigte an die Wand. Dort hingen Bilder von M.C. Escher und Sherlock Holmes. Ebenso wie die anderen Gegenstände und Möbelstücke konnten sie etwas zu bedeuten haben – oder auch nicht. Denn von ihrem Besuch des Kino-Rätselraums in Santa Monica wussten die drei ???, dass nicht alles etwas zur Lösung beitrug. Manches Objekt diente lediglich der Ablenkung oder führte auf eine falsche Fährte.

Bob war an das Regal getreten. »Geduldspiele aus Metall und Holz«, murmelte er. Auch Bücher waren da. Bob besah ihre Rücken und entdeckte, dass eins von chinesischen Rätseln und ein anderes von Mathematik handelte. Offenbar war EINS ein Zimmer, in dem es generell um Rätsel und Knobeleien ging, dachte er.

»Die Zeit läuft übrigens, Jungs!«, sagte Sandy.

Bob wurde aus seinen Gedanken gerissen. »Nerv nicht!«, rutschte es ihm heraus.

»Ich nerve nicht. Ich weise nur darauf hin, dass ihr euch hier in einer wichtigen Wette befindet und nicht in einem Schlaflager für ausgebrannte Jugendliche.«

»Du musst das schon uns überlassen«, sagte Justus. »Wir gehen in der Regel systematisch an Rätsel heran. Systematisch mag vielleicht ein unbekannter Begriff für dich sein, er bedeutet so viel wie konsequent und planmäßig.«

»Danke für diese Info, Justus«, sagte Sandy und zog Schreibblock und Stift aus ihrer Tasche. »Ich werde mir das sofort notieren!«

»Machst du das wirklich?«, fragte Peter. »Es notieren?«

Sie lächelte ihn an. »Aber nein, Peterlein, glaub doch nicht alles, was so gesagt wird. Hier halte ich lediglich eure Fortschritte fest. Wenn es denn welche gibt.«

Justus wandte sich ab. »Das kostet nur unsere Zeit!«, sagte er. »Passt auf. Peter: Schreibtisch! Bob: Regal! Ich: Kommode! Wir verschaffen uns einen ersten Überblick. In der Tasche sind Notizblöcke und Bleistifte, die könnt ihr euch rausnehmen. Zeit: fünf Minuten. Dann fassen wir zusammen, was wir gefunden haben, und ziehen unsere Schlüsse daraus. Besondere Gegenstände sammeln wir auf dem Couchtisch!«

»Na endlich«, sagte Sandy.

Die drei ??? machten sich an die Arbeit. Vorab sah sich Justus noch das Eingabefenster mit dem Zahlencode an. Unter ihm klebte ein kleines Schild mit dem Hinweis: *Nach dreimaliger falscher Eingabe des dreistelligen Codes wird das Schloss blockiert.* Mit Ausprobieren kamen sie also nicht weit. Das wäre auch zu einfach gewesen.

Peter hatte sich währenddessen den Schreibtisch vorgenommen. Über ihm entdeckte er die Kamera, durch die die Veranstalter alles mitverfolgen konnten. Er konnte nicht umhin, McBrandy kurz zuzuwinken. Hoffentlich war er auch da und passte auf sie auf. So unangenehm der Kerl zunächst

gewirkt hatte, nun war er die einzige Verbindung zur Außenwelt, die sie hatten.
Die Untersuchung des Schreibtisches dauerte nicht lange. Alle Schubladen waren verschlossen. Die Schlüssel dazu mussten irgendwo im Raum versteckt sein. Peter betrachtete die drei Fotos von Hollywoodschauspielern, die gerahmt auf dem Tisch standen. Ob sie was zu bedeuten hatten? Dann untersuchte er den Ständer mit den Stiften. In der Kappe eines Füllfederhalters steckte ein kleiner Zettel mit dem Namen *Eric Blair*. Peter steckte ihn ein und kam auf die Idee, unter der Schreibtischunterlage nachzuschauen. Doch darunter war nichts versteckt. Er wollte die Gummiplatte schon wieder fallen lassen, als er sah, dass sich auf ihrer Rückseite eine Zeichnung befand.
»Seid ihr fertig?«, fragte Justus.
»Fertig«, sagte Bob und auch Peter stand auf.
Sie setzten sich um den Couchtisch und legten ihre Fundstücke auf die Tischplatte. Peter hatte den Zettel mit dem Namen sowie die Unterlage mitgebracht, Bob mehrere unauffällig markierte Knobelspiele aus Holz und Metall sowie ein paar Bücher, und Justus hatte wasserfeste Streichhölzer, einige fremdländische Geldstücke und eine Buchstaben-Verschlüsselungsscheibe gefunden.
Sandy beugte sich vor, um alles zu sehen.
»Kannst du dich etwas im Hintergrund halten, Sally?«, fragte Justus. »Dann können wir uns besser konzentrieren.«
»Sandy«, sagte Sandy. »Mein Name ist Sandy.«
»Ich kann nicht arbeiten, wenn mir jemand über die Schulter sieht.«

Sie deutete auf die Videokamera. »McBrandy schaut dir auch zu, schon vergessen?«
»Das ist etwas anderes.«
»Wie du willst, Julius.« Sie nahm wieder in ihrem Sessel Platz, legte aber Papier und Stift nicht zur Seite.
Justus ließ seinen Blick über die Fundstücke streifen. Besonders die Zeichnung, die Peter gefunden hatte, interessierte ihn.
»Ein Stadtplan?«, überlegte Bob. »Mehrere verschieden große Gebäude, ein runder See in ihrer Mitte. Vielleicht eine Art Park. Dazu ein paar Kreuze.«
»Kommt mir irgendwie bekannt vor«, sagte Peter und blickte sich im Zimmer um. Dann grinste er. »Na, Justus?«
Der Erste Detektiv rollte die Augen nach oben. »Klar, Peter! Das ist kein Stadtplan, vor uns liegt eine Karte von Raum EINS!«
Auch Bob erkannte jetzt den Zusammenhang. »Der See ist der Couchtisch, die Gebäude sind die Möbel. Und die Kreuze … eins befindet sich … genau auf dem Sessel, auf dem du sitzt, Sandy!«
Ohne die Miene zu verziehen, sah Justus sie an. »Du musst leider aufstehen«, sagte er.
»Könnt ihr euch nicht erst um die anderen Kreuze kümmern?«
»Wir möchten mit deinem anfangen, Sally«, sagte Justus. »Die Zeit läuft!«
Murrend stand Sandy auf und setzte sich an den Schreibtisch. Die drei ??? klopften den Sessel ab, prüften die Ritzen und drehten ihn schließlich herum. Auf seiner Unterseite

fanden sie zwei Metallteile, die auf seltsame Art ineinander verschlungen waren. Eine Art Schlüssel?

»Die muss man irgendwie auseinanderbekommen«, sagte Justus. »Bob, kümmere du dich darum – Peter und ich überprüfen die anderen angekreuzten Orte.«

Jetzt ging es plötzlich voran. Nach nicht einmal einer Minute hatte Bob die Schlüssel voneinander gelöst. Sie passten in das Schloss einer mit einem Kreuz gekennzeichneten Kommodentür. Dahinter wartete ein kompliziertes Zahlenrätsel, das Justus in Sekundenschnelle bewältigt hatte. Über den Umweg der Verschlüsselungsscheibe führte das Ergebnis zu einem Wörterbuch aus dem Regal, in dessen Innerem sich ein Geheimfach mit einem weiteren Schlüssel befand, der wiederum zu einer Schublade des Schreibtisches passte. In ihr lag ein viertes gerahmtes Bild eines Schauspielers. Einer Schauspielerin: Gwyneth Paltrow. Mit Lippenstift war eine Zwei auf das Glas gemalt. Achselzuckend hielt Peter das Foto Justus unter die Nase.

»Heißt das, wir sollen den zweiten Buchstaben nehmen? Das *w* oder das *a*?«

»Das wäre zu einfach«, sagte Justus, während er schnell in ein Salamisandwich biss. »Außerdem hat die Tür ja einen Zahlencode.«

Peter nickte und zeigte zur Seite. »Auf dem Schreibtisch stehen noch drei Bilder: Brad Pitt, Morgan Freeman und Kevin Spacey. Vielleicht hat das etwas zu bedeuten …«

Justus kratzte sich am Nacken.

»Das liegt doch so was von auf der Hand!«, warf Sandy ein. Sie hatte sich wieder auf ihren Sessel verzogen und machte sich fortwährend Notizen. »Aber ihr müsst ja selbst draufkommen. Die Zeit steht übrigens bei 18 Minuten 15 Sekunden. Jetzt sind es schon 18 Minuten und 16.«

»Kannst du nicht mal die Klappe halten?«, fuhr Justus sie an. Sandys Andeutung, dass sie die Lösung bereits wusste, hatte sein Gehirn blockiert. Und dass ihn das so ärgerte, machte alles nur noch schlimmer. Er kontrollierte seine Atmung und versuchte, wieder zur Ruhe zu kommen.

»*Seven*«, rief Peter. »Es ist die Besetzung des Films *Seven*! Paltrow, Pitt, Freeman, Spacey. Den haben wir doch schon ein paarmal gesehen!«

Justus sah Peter eine Sekunde lang an wie ein Alien, der sich zufällig hierherverirrt hatte. Dann lief ein Lächeln über sein Gesicht. »Wenn einer nicht mehr weiterweiß, hilft eben der andere. Das macht uns so stark, Sally! Wir sind ein Team!«

»Ganz toll, Julius«, sagte Sandy.

Doch Justus dachte bereits weiter. »*Seven*, sieben, das ist garantiert eine Ziffer des Türschlosscodes!« Er deutete auf die Zahl mit dem Lippenstift: »Und sie steht vermutlich an der zweiten Position des Codes!«

Begeistert machten sich die drei ??? an die nächsten Rätsel, die meisten von ihnen Knobelaufgaben. Da die drei Freunde viele schon kannten, ging es Schlag auf Schlag. Bald hatten sie auch die erste Position des Codes herausbekommen – eine Drei. Gerade einmal 28 Minuten waren vergangen. Nun fehlte nur noch die letzte Ziffer. Der erste Hinweis darauf war ein Satz, den sie auf die Innenseite eines Stuhlbeins eingeritzt fanden.

»*Anzahl der Monate im Jahr.*« Justus legte die Stirn in Falten.

»Zwölf«, sagte Bob. »Zwölf Monate hat das Jahr. Aber wir brauchen ja nur *eine* Ziffer und nicht *zwei*!«
»Was hat es eigentlich mit dem Zettel auf sich, den ich in dem Füllfederhalter gefunden habe?«, fragte Peter. »Da war ein Name drauf, *Eric Blair*, und ein paar Zeichen und Ziffern.«
»Eric Blair ... Eric Blair«, überlegte Bob, »das habe ich doch schon einmal gehört!«
»Ein englischer Politiker?«, fragte Peter. »Nein? Sportler, Wissenschaftler? Ach, ein Königreich für einen Internetzugang!«
Justus nahm Peter den Zettel ab und schaute genau hin. »*Dividiert durch 64* steht da noch. Seltsam. Und *Lex2a*.«
»Lex2a?« Bob trat neben ihn. »Das ist wie eine Signatur, die in Bibliotheken auf Büchern angebracht wird! Einige der Bücher hier tragen ebenfalls solch eine Kennung!« Eilig lief Bob zum Regal. Sein Finger fuhr über die Buchrücken. Sekunden später hatte er das passende Exemplar in der Hand. »Ein Literaturlexikon«, sagte er und blätterte flüchtig hinein. »Aber wo soll ich da suchen?«
»Brauchst du gar nicht, Bob!«, sagte Justus auf einmal. »Literatur. Das Stichwort hat mir schon gereicht! Jetzt weiß ich es: Eric Blair ist der eigentliche Name von George Orwell. Der berühmte Autor, der das ebenso berühmte Buch *1984* geschrieben hat. Orwell war nur sein Pseudonym. 1984, das passt: 1984 kann man durch 64 dividieren, ergibt 31. Aber was fangen wir nun mit 31 an? Eine Primzahl, die nur durch eins und sich selbst teilbar ist.«
»Hä?«, fragte Peter.

»Vielleicht ist die letzte der gesuchten Ziffern eine *Vier*, also drei plus eins, oder eine *Zwei*, also drei minus eins?«, fragte Bob.

»Wir haben leider zu wenig Versuche, um das auszuprobieren«, sagte Justus, »zumal wir weitere Möglichkeiten nicht ausschließen können. Aber die Lösung könnte etwas mit dem seltsamen Satz zu tun haben: *Anzahl der Monate im Jahr*! Und zwar nicht aller Monate, sondern nur derer, die 31 Tage haben!«

Bob war begeistert. »Genial, Justus! Das sind genau … sieben!«

»Dann haben wir *Sieben*. Der Code lautet also *Drei – Sieben – Sieben*. Wie liegen wir?«

»34 Minuten und 12 Sekunden«, sagte Sandy. Sie war aufgestanden und schon auf dem Weg zur Tür. »Wird auch Zeit, dass ich hier rauskomme. Die Luft wird langsam stickig.«

Justus ging ebenfalls zur Tür, gefolgt von Bob und Peter, die sich schnell das Handgepäck geschnappt hatten.

Sorgsam gab der Erste Detektiv die Ziffern in die Tastatur ein: *drei – sieben – sieben*.

Erwartungsvoll zog er an der Tür.

Doch sie ließ sich nicht öffnen.

Er drückte sie. Rüttelte an ihr.

Nichts.

Die Tür blieb verschlossen.

Eine kleine Nachtmusik

Bob drängte Justus zur Seite und versuchte selbst, die Tür aufzubekommen. Doch auch ihm gelang es nicht. Das verdammte Ding blieb einfach zu. Nervös wandte er sich an seine beiden Freunde. »Haben wir einen Fehler gemacht?«
»Dann müsste beim Lösen der Rätsel etwas schiefgelaufen sein«, antwortete Justus nachdenklich. »Vertippt habe ich mich auf jeden Fall nicht!«
»Das ist doch bestimmt nicht so geplant!« Hilfe suchend starrte Peter in die Überwachungskamera, durch die McBrandy sie beobachtete.
Nur Sandy schien halbwegs guter Dinge zu sein. »Eine richtig tolle Truppe hat Jeff da ausgesucht! Ich bin beeindruckt! Soll ich diesen griesgrämigen Typen da draußen um Hilfe bitten? Wenn ihr jetzt aufgebt, kann ich heute Nachmittag am Strand abhängen und ein paar coolere Typen treffen!«
»Noch liegen wir viel zu gut in der Zeit«, sagte Justus. »Lass mich bitte einen Moment lang überlegen.«
»Schnarchnasen«, stieß Sandy verächtlich aus.
»Vielleicht ist dieses Codedings falsch programmiert und wir melden uns besser bei McBrandy …«, sagte Peter und griff zum Funkgerät, das sie auf den Couchtisch gelegt hatten.
Doch Justus nahm es ihm sofort aus der Hand. »Ausgeschlossen! Das ist gegen die Regeln!«
Widerwillig überließ Peter Justus das Gerät und ging zurück zu der Tür, durch die sie in den Raum gekommen waren. Er

rüttelte am Türgriff. Natürlich war die Eingangstür nach wie vor verschlossen.
»Glaubst du etwa an Wunder?«, fragte Bob.
»Eigentlich schon«, sagte Peter, »aber leider ereignen sie sich viel zu selten dann, wenn man sie braucht.«
»Na, Jungs, dann müsst ihr eben nachhelfen und zurück auf Start!«, sagte Sandy. Sie bückte sich etwas und sah in den Spiegel neben dem Display, den sie jetzt auf Augenhöhe hatte. Sie benetzte einen Finger mit Spucke und rieb sich ein wenig Lippenstift aus dem Mundwinkel. »Aber beeilt euch! Meine Schminke verläuft bei der Hitze hier!«
Justus sah sie einen Moment lang wie geistesabwesend an. »Spiegel«, sagte er, »warum hängt da dieser Spiegel?«
Bob hatte gleichzeitig dieselbe Idee. »Spiegelverkehrt!«, murmelte er. »Die Ziffern …ja, das könnte es sein! Natürlich ist nicht gemeint, dass man den Spiegel vor die Ziffern halten soll, denn dann kann man sie ja nicht mehr richtig lesen. Aber vielleicht bedeutet der Spiegel, dass man die Ziffern verkehrt herum eingeben muss! Immerhin hängt er genau auf Höhe des Codedisplays und hat sonst keine offensichtliche Bedeutung!«
»Korrekt!«, sagte Justus. »Das habe ich auch gerade gedacht. Nach drei Versuchen wird die Tür blockiert. Einen haben wir vergeben. Ich finde, den zweiten können wir noch riskieren!«
Bob und Peter nickten.
»Ist euer Spiel!«, sagte Sandy und machte einen Schritt zur Seite. »Ich halte mich raus!«
Die drei ??? traten vor die Eingabefläche des Codes.

»Also«, sagte Bob und stellte sich in Positur. »*Sieben – sieben – drei*«, tippte er sorgfältig ein.
Einen Moment geschah nichts. Dann vernahmen sie ein leises Surren. Etwas klickte. Bob umschloss den Türknopf fest mit seinen Fingern und zog daran.
Er ließ sich drehen!
»Na also«, sagte Justus erleichtert. »Wir sind weiter im Spiel!«
Sie warfen einen letzten Blick in den Knobelraum. Dann betraten sie Kammer ZWEI, die noch im Dunkeln lag. Erst als sie die Tür hinter sich geschlossen hatten, glomm ein Licht auf. Kaum hatten die drei ??? erkannt, dass es von einer von innen beleuchteten Musikbox ausging, brach ein Blitzlichtgewitter auf sie ein. Dazu dröhnte ein lauter alter Punk-Song los. Bob verstand als Erster, dass sie auf einer kleinen Holzbühne standen und wie Rockstars angestrahlt wurden. Doch Publikum gab es keins hier und der Raum war nicht größer als der erste.
Wie EINS war auch ZWEI fensterlos. Neben einem Regal mit einer schon älteren Musikanlage standen eine Gitarre mit Verstärker, ein paar Drums und ein Keyboard. Auf einem hohen Bistrotisch lagen Pop-Zeitschriften und ein paar alte CDs. Keine Frage, sie waren in einem Musikrätsel gelandet. Auch die Starposter an den Wänden deuteten darauf hin.
Seltsam war, dass die Tür zu Zimmer DREI weder Knauf noch Klinke noch sonst etwas besaß. Wie sollte man sie aufbekommen?
»Das hier ist dein Raum, Bob!«, brüllte Justus gegen den Song an. Nicht nur durch Bobs Aushilfstätigkeiten in der

Musikagentur RockPlus kannte sich der dritte Detektiv hervorragend in der Musikszene aus, zumindest in der neueren. Er war auch ein großer Fan schier unzähliger Bands.

Sandy war an die alte Musikbox getreten und studierte neugierig die Titel.

»Nichts verstellen, Sally«, rief Justus. »Alles kann für die Rätsel relevant sein!«

Sandy drehte sich um, erwiderte etwas, doch man konnte sie in dem Lärm nicht verstehen. Aber sie wandte sich jetzt von der Box ab, setzte sich auf den Schlagzeughocker und zückte ihr Notizbuch.

»Ich möchte mal wissen, was sie da dauernd aufschreibt«, rief Justus.

Peter hielt sich die Hände über die Ohren zum Zeichen, dass ihm alles zu laut war, und sah Richtung Anlage. Bob ging hinüber zu dem Musikverstärker der Gitarre. Mit einem Griff regelte er ihn hinunter. Sofort wurde es leiser.

»So lässt sich das besser aushalten«, sagte er. »Kommt übrigens im Songtext vor: *I've enough amplifiers 6 feet tall. Gonna turn them up full blast.* Nicht die Musikanlage regelt die Lautstärke, sondern der Verstärker. Das erste kleine Minirätsel!«

ZWEI war wirklich wie geschaffen für Bob. Erstaunlich schnell hatte er herausgefunden, dass man von Folk über Rock, Punk, New Wave, Rap, Hip-Hop und so fort verschiedene Musikrichtungen in eine zeitliche Reihenfolge bringen musste, um anhand der Codes der passenden Songs aus der Musikbox den Titel einer CD herauszufinden. Die entdeckte Peter dann auf dem Bistrotisch, der Justus' Erinnerung nach ebenfalls vom heimischen Schrottplatz stammen konnte.

Der im Booklet unterstrichene vierte Song der CD, *All Night Long,* war in einer der alten Musikzeitschriften gerade auf Platz 6 der US-Hitparade notiert. Und die *6* wiederum war auch die Ziffer, die das Hausnummernschild zeigte, das an der Tür hing, die in die nächste Kammer führte. Man konnte es abhängen und dahinter entdeckte Bob ein Mikro mit Soundchip, an dem ein Zettel klebte.

»Spiele Mozarts Akkord und die Tür wird sich öffnen«, las Bob verwundert vor. »Mozarts Akkord?« Er schüttelte den Kopf. »Was ist das?« Bei klassischer Musik war er mit seinem Latein am Ende.

Doch jetzt konnte sich auch Justus nützlich machen. *All Night Long*, »Die ganze Nacht lang« – der Song war bestimmt ein Verweis auf Mozarts *Kleine Nachtmusik*, die Justus dann auch auf einer alten Schallplatte entdeckte. Komponiert war sie in G-Dur. »Wir müssen vielleicht einfach auf dem Keyboard einen G-Dur-Akkord spielen, um über eine Sounderkennung die Tür zu Kammer DREI zu entsperren!«

«Genial!«, rief Bob.

»Und wenn man die Tasten nicht weiß?«, fragte Peter.

»Dann gibt es genug Bücher hier, in denen man einen G-Dur-Akkord findet«, antwortete Bob und spielte eine Melodie an. Er schloss mit einem G-Dur-Akkord und hob erwartungsvoll die Hände von der Tastatur.

Ganz sanft schwang die Tür auf und machte den Weg frei in den nächsten Raum!

Bob spielte zum Spaß noch zwei, drei Akkorde und ließ das

Musikinstrument dann stehen. Sie mussten weiter. Doch dieser Raum hatte ihm gefallen!
Stolz fragte Justus Sandy nach der Zeit.
»Ihr habt nur 21 Minuten gebraucht!«, sagte sie. »Zwei Räume in etwas über einer Stunde, das ist nicht schlecht. Ich hoffe, ihr gebt weiter Gas!«
»Das werden wir!« Auch Peter war in Hochstimmung und seine Ängste waren in diesem Augenblick wie verflogen. Übermütig winkte er in die Kamera. »Da staunst du, McBrandy, oder?«
Sie aßen und tranken ein paar Happen und Schlucke aus ihren Vorräten, dann traten sie ein in Kammer DREI. Wieder mussten sie erst die Tür schließen, um erkennen zu können, was sie erwartete. Als das Licht anging, sahen sie, dass der Raum ausgestattet war wie das Innere eines Raumschiffes. Pulte, Computer, Steuerungshebel. In die Wände waren Bilderrahmen eingelassen, in denen man verschiedene Weltall-Szenarien sah. Peter erkannte Anspielungen auf mehrere Fernsehserien, angefangen von *Raumschiff Enterprise* bis hin zum neusten Teil von *Star Wars*. Auch ein Schaubild des Kinoklassikers *2001* war da. Für einige der Filme hatte Peters Vater, der in der Filmindustrie arbeitete, für Special Effects gesorgt.
Doch so verführerisch es für den Zweiten Detektiv auch war, sich alles in Ruhe anzusehen und in Träume zu versinken, dafür hatten sie einfach keine Zeit. Es galt Rätsel zu finden und zu lösen!
Wie gewohnt sah sich Sandy nach einem gemütlichen Platz um und entschied sich für einen schwarz-weißen Drehstuhl.

Die drei ??? hingegen machten sich an die Arbeit.
Zunächst lief alles wie am Schnürchen. Besonders Justus und Peter kannten sich gut aus mit Science-Fiction. Bald hatten sie herausgefunden, dass sie an einem Schaltpult eine Simulation starten mussten, in der sie mithilfe eines Joysticks ein Raumschiff »steuern« konnten.
Sie setzten sich zu dritt an das Pult. Peter gab den erträtselten Befehlscode ein und Justus übernahm den Job des Captains, der das Raumschiff höchstpersönlich auf dem Monitor durch das All lenkte.
Plötzlich entdeckten sie einen Meteoriten, der ihnen entgegenraste. Ausweichen konnten sie ihm nicht, dazu kam er zu schnell auf sie zu. Ihre einzige Rettung war ein schmaler Spalt, durch den sie fliegen mussten. Nur so konnten sie den Crash verhindern.
Mit aller Konzentration nahm Justus das Ziel in den Blick.
»Nach links, Justus! Du musst weiter nach links«, sagte Bob.
Inzwischen war gut zu erkennen, dass es durch den Spalt wieder zurück ins All ging.
Justus drückte den Steuerungshebel. »Er reagiert nicht richtig!«, murmelte er nervös.
»Nun mach schon! Wir kommen zu weit vom Kurs ab!«, rief Peter. Raumschiff und Meteorit rasten immer näher aufeinander zu. Mittlerweile füllte der gigantische Brocken schon mehr als die Hälfte des Bildes aus.
Heftig ruckelte Justus am Hebel. »Das blöde Ding …«
»Du musst mehr nach links!«, schrie Bob. »Nach links! Sonst gibt es einen Frontalzusammenstoß!«
»Es geht aber nicht! Er klemmt!«

»Ach was!« Entschieden beugte sich Bob über Justus und zog am Steuerknüppel. Es knackte. Der Meteorit war riesengroß. Der Fluchtweg verschwand bereits links aus der Bildfläche. Bob zog noch einmal. Und plötzlich hielt er den Stick in den Händen!
In dem Moment prallten Raumschiff und Meteorit aufeinander. Ein Dröhnen wie bei einem Erdbeben drang aus den Lautsprechern und der Bildschirm wurde schwarz. *Ihr seid VERNICHTET!*, blinkte es dann auf dem Monitor auf. *Aber ihr habt Glück gehabt: Es war nur eine Übung. Ihr habt einen weiteren Versuch! Aber der gilt!*
Fassungslos drehte Bob das schwarze Plastikteil in seinen Händen. »Das Mistteil ist einfach abgebrochen!«
»Du hast dich aber auch daraufgeworfen wie ein Irrer«, sagte Justus. »Kein Wunder, dass das kaputtgegangen ist!«
»Wir waren auf Crashkurs! Und ich habe wirklich nicht fest gezogen! Das Teil hat ganz fies geklemmt!«
»Das hatte ich bereits diagnostiziert, Bob! Aber du hast mir ja nicht …«
»Gib mal her!« Peter nahm Bob den Schalthebel aus der Hand und untersuchte die Bruchstelle. »Das muss ein Materialfehler sein«, sagte er. »Aber wie sollen wir ohne Stick einen zweiten Versuch machen?«
»Wenn es ein Konstruktionsfehler war, können wir nichts dafür«, sagte Bob mit einem Blick auf Sandy. »Wir müssen McBrandy anfunken. Er soll das Ding reparieren und du unterbrichst so lange die Zeitmessung, Sandy.«
Die Frau sah ihn kritisch an, doch dann drückte sie auf die Stoppuhr. »Okay! Time-Out!«

Peter legte den Hebel weg, nahm das Funkgerät und betätigte die Sprechfunktion. »McBrandy? Hier Peter. Sie haben es bestimmt verfolgt! Wir haben ein Problem!« Er sah sich um, wo wohl die Überwachungskamera versteckt war, entdeckte sie zwischen den vielen Lichtern, Knöpfen und Monitoren aber nicht. »McBrandy? Hallo! McBrandy!«
»Was für einen Kanal hast du eingestellt?«, fragte Justus.
»Zwei. Er hat doch gesagt, Kanal zwei.«
»Vielleicht hat er sich geirrt. Versuche es mit eins. Wie viele Kanäle besitzt denn das Gerät?«
Peter sah nach. »Acht.«
»Also, teste alle!«
Peter bekam feuchte Hände. Ihm gefiel das nicht. »McBrandy? Hallo? Helfen Sie uns!«, rief er wieder und wieder in das Funkgerät.
Nie kam eine Reaktion. Nur Rauschen.
»Vielleicht ist er auf die Toilette gegangen«, sagte Justus.
»Dann war er aber lange dort«, sagte Peter. »Und warum nimmt er das Funkgerät nicht mit? Das ist bestimmt Vorschrift! Er kann uns doch nicht alleine lassen!«
»Oder dem Mann ist etwas passiert!«, sagte Bob. »Ich finde, Peter hat recht! McBrandy dürfte das Gerät nicht aus den Augen lassen, solange wir hier drin sind. Was ist, wenn sich jemand verletzt oder einen Herzanfall erleidet? Genau so hat es uns damals der Angestellte erklärt, bei dem wir den Rätselraum in Santa Monica gemacht haben! Du wirst immer überwacht!«
»Ich weiß«, sagte Justus.
Unruhig drückte Peter Justus das Funkgerät in die Hand. »Und nun?«

Auf Kollisionskurs

Justus nahm das Gerät und prüfte selbst noch einmal alle Kanäle durch. Doch auch er erhielt keine Antwort.

»Wann sollte denn eigentlich Mr Norman zurückkommen, der Pächter der Rätselburg?«, fragte Bob nervös.

»Das wissen wir nicht«, antwortete Justus. »Ich hatte McBrandy zwar gefragt, aber dann sind wir irgendwie vom Thema abgekommen. Heute? Morgen? In einer Woche?«

Wie ein gefangener Tiger vor dem Gitter lief Peter vor dem Schaltpult hin und her. »Ich habe es euch doch gesagt!«, rief er und seine Stimme klang schrill. »Das geht wieder schief!«

»Das war aber nicht abzusehen!«, sagte Justus.

»Das ist nie abzusehen!«

»Jeff Ranaldo …«

»Hör auf mit Jeff Ranaldo! Ich will hier raus, Justus!«

»Ich will doch auch weiterkommen, Peter!«

»Ich will nicht weiterkommen, ich will hier raus! Ich krieg keine Luft mehr!«

Sandy schlug mit der flachen Hand auf das Pult, dass es knallte. »Könnt ihr nicht mal die Klappe halten? In was bin ich denn da reingeraten! Tut was! Los, tut endlich was! Ihr habt uns das schließlich eingebrockt.«

»Ich habe den Stick nicht absichtlich zerbrochen!«, sagte Bob, und Peter ergänzte: »Es war ein Materialfehler, Sandy, ein Materialfehler!«

»Bob hat selber einen Materialfehler«, rief Sandy. »Ihr alle

habt einen Materialfehler! Warum lasst ihr euch denn sonst in so ein blödes Haus einsperren!«
»Und du? Du bist doch auch hier!«, rief Justus.
»Weil ich Kohle dafür kriege«, sagte Sandy. »Ich brauche das Geld.«
»Wir müssen den Steuerknüppel reparieren«, sagte Justus. Plötzlich war er ganz ruhig. »Dann starten wir einen zweiten Versuch mit der Simulation, der einfach gelingen muss!«
»Das ist immerhin eine Idee«, sagte Sandy. »Aber ihr solltet euch beeilen. Wenn wir Pech haben, ist das so ein Raum, der nach einer Stunde die Pforten schließt! Also los!«
Peter sah sich um. »Aber einen Plastikkleber werden wir hier kaum finden. So einfach wird das nicht mit dem Reparieren!«
Justus nahm den abgebrochenen Hebel vom Pult. »Das ist schon eine ziemlich spezialgelagerte Situation, ich weiß!« Er drehte ihn in der Hand. »Das Teil ist innen hohl«, sagte er nachdenklich. »Wenn wir einen länglichen Gegenstand hätten, eine Art Zahnstocher oder so, dann könnten wir den in das Loch stecken und die Teile aufeinandersetzen. Das würde den Stick wieder einigermaßen gerade halten. Um darüber hinaus die Bruchstelle zu stabilisieren, könnten wir deinen Klettverschluss verwenden, Peter!«
»Woher weißt du von meinem Klettverschluss?«
»Ich habe beobachtet, wie du dein Dietrichset abgenommen hast«, sagte Justus. »Ich weiß doch, dass du es manchmal auf diese Weise vor Körpervisitationen versteckst!«
Mit rotem Kopf zog Peter seine Jeans hoch und band sich den Klettverschluss vom Bein.
»Nun brauchen wir nur noch etwas Langes, Dünnes!«

Die drei ??? sahen sich um, doch im ganzen Raum konnten sie keinen nützlichen Gegenstand entdecken. Peter überlegte schon, ob sie die Drehstühle auseinanderschrauben könnten, als Bob eine Idee kam. »Dein Kugelschreiber, Sandy! Vielmehr: dessen Mine!«

»Ihr wollt meinen Kugelschreiber kaputt machen?«

»Wir können hier gerne auch noch ein paar Tage bleiben und darüber diskutieren«, sagte Justus kalt.

Sandy verzog das Gesicht, schraubte aber den Stift auseinander und reichte Bob die Kugelschreibermine. »Wiedersehen macht Freude!«

Während sich Justus daranmachte, die Mine noch mit dem Einpackpapier seiner Muffins zu ummanteln, damit sie besser in die Löcher passte, entfernte Bob die gummiartige Schutzhülle, die ähnlich wie bei einer Gangschaltung im Auto den Joystick mit dem Gehäuse verband und so die Mechanik im Inneren schützte. »Da hat sich ein abgesprungenes Plastikteil verklemmt! Kein Wunder, dass der Hebel blockiert hat!«, rief er aus und atmete tief ein. Mit einem kräftigen Luftstoß gelang es ihm, das Störobjekt so zu bewegen, dass er es mit den Fingerspitzen greifen und herausziehen konnte.

Mittlerweile war Justus fertig. Nun mussten die beiden Plastikteile miteinander verbunden werden. Bob räumte seinen Platz und Justus machte sich ans Werk.

Es erforderte einige Geduld, doch schließlich passte alles fest zusammen. Als Letztes zog Justus den Klettverschluss fest um die Bruchstelle.

»Das sollte reichen«, sagte er zufrieden.

»Dann kann ich die Uhr ja wieder einschalten«, sagte Sandy und drückte den Knopf. »Eure Zeit läuft. Und wer steuert uns nun sicher durch das Universum? Ich hoffe doch, ihr wechselt mal den Kapitän, Justus!«

»Natürlich will ich mich nicht vor der Aufgabe drücken«, sagte der Erste Detektiv. »Aber vielleicht könnt ihr es besser, Kollegen. Du besitzt doch Erfahrung, Dritter. Willst du ...?«

Bob schüttelte den Kopf. »Wir haben nur einen Versuch. Und ehrlich gesagt zittern mir gerade ein wenig die Hände!«

»Ich mache es!«, sagte Peter entschlossen. »Ich will unbedingt hier raus! Aber eins müsst ihr mir versprechen!«

»Was?«

»Ihr müsst die Klappe halten!«

Die drei ??? setzten sich wieder vor das Schaltpult. Sandy war aufgestanden und sah Peter über die Schulter, doch ganz freiwillig aus sicherer Entfernung, damit sie ihn nicht störte. Justus gab den Code ein. Der Monitor flackerte auf. Die Simulation begann. Wieder flogen sie durch das Weltall.

Und wieder tauchte der Meteorit auf. Erst ganz klein, dann rasend schnell größer. Die verflixten Betreiber hatten in diesem zweiten Versuch tatsächlich die Geschwindigkeit erhöht! Doch Peter konzentrierte sich ganz auf das Objekt. Alles um sich herum hatte er ausgeblendet. Er war im Tunnel, als würde er beim Basketball Freiwürfe verwandeln. Er entdeckte den Spalt im Stein. Lenkte das Raumschiff entschlossen, aber nicht hektisch in die richtige Richtung. Versuchte, den Durchgang mittig im Bild zu halten. Raumschiff und Meteorit schossen aufeinander zu, gleich würde es crashen! Noch eine kleine, sanfte Korrektur.

Dann rasten sie genau in die rettende Öffnung.
Doch noch waren sie nicht am erlösenden Ende. An den Seiten blitzten schroffe Felskanten auf. Denen kamen sie immer wieder ziemlich nah, aber dank Peters ruhiger Hand nie so dicht, dass sie das Raumschiff aus der Bahn bringen und zerstören konnten. Nach ein paar weiteren langen Sekunden rauschten die Wände plötzlich zur Seite weg – und sie schwebten mit ihrem Raumschiff wieder weich und friedlich im All. Unzählige Sterne funkelten und ferne Galaxien kreisten in Zeitlupe um irgendeine kosmische Achse.
»Klasse, Peter!«, brüllte Bob, klopfte ihm begeistert auf die Schulter, und Justus schob ein euphorisches »Exorbisensationell!« hinterher.
»Peter, du bist mein Held!«, rief Sandy und schnappte sich ihre Trinkflasche. »Kommt, wir stoßen auf dich an!«
Sie lachten und tranken ein paar Schlucke.
Justus schmiss eine Runde Sandwiches.
Auf dem Bildschirm war mittlerweile ein neuer Text erschienen: *Ihr habt die Aufgabe gelöst! Geht zu Tür VIER, der Mechanismus wird jetzt funktionieren.*
Bob bastelte die Konstruktion auseinander, drückte Sandy die Kugelschreibermine in die Hand und lief los. Gefolgt von Peter, der auf dem Weg zum Ausgang einen weiteren vergeblichen Versuch unternahm, McBrandy zu erreichen.
Neben der Tür zu Kammer VIER befand sich ein Schild, das sie schon vorher gelesen hatten: *Drückt den Knopf und tretet ein. Wenn die Tür hinter euch geschlossen ist, werdet ihr die neue Aufgabe erkennen.*
»Soll ich?«, fragte Peter.

Justus und Bob nickten. »Das hast du dir verdient!«
Mit einem leisen Schnurren glitt das Tor auf. Gleichzeitig erlosch das Licht, auch das von Kammer DREI. Sie standen komplett im Dunklen.
»Hoffentlich ist es kein Stromausfall«, sagte Peter. »Unsere Taschenlampen liegen in den Schließfächern.«
»Gehen wir weiter«, sagte Bob. »Wir müssen die Tür hinter uns schließen!«

Die dunkle Gruft

Vorsichtig tasteten sich Sandy und die drei ??? in Kammer VIER. Um sie herum war es schwarz wie die Nacht. Ein seltsamer Geruch drang ihnen entgegen. Doch er war so schwach, dass man ihn nicht bestimmen konnte.
»Was kann das sein?«, fragte Sandy. »Riecht wie alte Socken!«
»Oder wie verrottete Zwiebeln«, sagte Bob, der voranging. »Ich hoffe, der Geruch wird nicht stärker – Achtung!« Fast wäre er mit dem Fuß umgeknickt. Damit, dass sich die Beschaffenheit des Bodens so plötzlich ändern würde, hatte der dritte Detektiv nicht gerechnet. VIER hatte einen anderen Untergrund, viel weicher und nachgiebiger. »Wartet mal, Kollegen«, sagte Bob, »sonst fallt ihr über mich!« Er bückte sich und fühlte mit der Hand, was es war. »Das muss Sand sein! Hier ist Sand drin, Kollegen!«
»Am Strand ist er mir lieber«, murmelte Peter. Der Reihe nach traten sie ein.
»An der Wand ist ein Schalter«, sagte Bob. »Vielleicht für Licht oder um die Tür damit zu schließen.«
»Ich komme mir vor wie in einer Gruft«, sagte Peter. »Wir sollten das Tor so lange wie möglich offen lassen. Wenn wir hier drin die Lösung zum nächsten Ausgang verhauen, dann stecken wir richtig in der Klemme! McBrandy ist verschollen. Es ist niemand da, der uns helfen wird. Ich möchte mir lieber nicht ausmalen, wie das enden kann!«
»Peter hat recht«, sagte Sandy. »Und Jeff werde ich an den Kragen gehen für das, was er mir hier eingebrockt hat!«

»Dazu musst du aber erst mal aus der Burg rauskommen, Sally«, sagte Justus. »Ob du in Kammer DREI oder in VIER stecken bleibst, ist schließlich egal.«
»Aber hier stinkt es! Und DREI war größer!«
»Das wissen wir doch gar nicht, oder kannst du im Dunkeln sehen?«
»Das spüre ich! *Julius*.«
»Wollt ihr zwei bitte mal mit diesem Namensquatsch aufhören?«, sagte Bob. »Das hilft uns keinen Deut weiter!«
Sandy und Justus schwiegen.
»Sandy, du kannst gerne in Kammer DREI bleiben, wenn du möchtest«, fuhr Bob fort. »Die Sache mit der Wette hat sich doch sowieso erübrigt.«
»Nein!«, entgegnete Justus. »Obwohl ich die Aussicht reizvoll finde, Sandy loszuwerden, besteht immer noch die Möglichkeit, dass wir in einer wettbewerbsfähigen Zeit hinausfinden. Wir brauchen unsere Schiedsrichterin! Wenn sie nur mal den Mund halten würde!«
»Ich warte sehr gerne in Kammer DREI, wenn Peter bei mir bleibt«, sagte Sandy. »Dann hast du auch endlich deine Ruhe, Festplatte.«
Justus wollte etwas entgegnen, doch Peter kam ihm zuvor.
»Justus und Bob lasse ich nicht im Stich!«, sagte er entschieden. »Und zwar nie!«
Sandy schnappte nach Luft. »Ich bedaure schon jetzt das Mädchen, mit dem du mal zusammen sein wirst«, sagte sie mit hörbarer Enttäuschung in der Stimme.
»Wir können doch alle gemeinsam in DREI bleiben!«, schlug Peter vor.

»Nein, können wir nicht!«, sagte Justus. »Hinter VIER liegen die Toiletten. Das bedeutet Wasser, und Wasser brauchen wir dringend, falls wir hier womöglich doch ein paar Tage aushalten müssen. Wir wären verrückt, wenn wir es nicht versuchen würden!«

»Dann klemmen wir etwas zwischen diese Schiebetür, damit sie sich nicht ganz schließt«, sagte Peter. »Wer weiß, was in VIER auf uns wartet! Am besten hole ich einen der Stühle und stelle ihn in die Öffnung.«

»Okay«, sagte Justus. »Einen Versuch ist es wert.«

Sie hörten, wie Peter sich langsam in Kammer DREI zurücktastete. Etwas klackte. Dann vernahm man ein Scharren auf dem Boden.

»Fertig«, sagte Peter nach einer gefühlten Ewigkeit. »Der Stuhl ist da!«

»Ich betätige jetzt den Schalter«, sagte Bob. Es war der Schalter für die Tür. Ein Motor summte los, doch als das Tor nach kurzer Strecke gestoppt wurde, arbeitete er unaufhörlich weiter gegen den Widerstand an. Alles blieb dunkel und von einer neuen Aufgabe war nichts zu sehen.

»Schade«, sagte Justus und stieß den Stuhl mit einem Fußtritt aus dem Spalt.

Die Schiebetür schloss sich. Das Summen des Motors erstarb. Doch es blieb nachtschwarz. Bis an der gegenüberliegenden Wand langsam eine gelblich glimmende Schrift aufleuchtete.

Willkommen in Kammer VIER! Ihr irrt im Dunkeln hier.
Manchem hilft das Glück, doch mancher wird verrückt!

Holt den Schlüssel hervor und öffnet gleich das Tor.
Haltet dann eure Rast, solang es euch passt.
Doch ihr sucht ohne Licht, wir sehen euch nicht.
Ruft uns herbei, falls etwas sei.
Ihr habt eine Stunde, und schafft ihr es nicht,
war's das mit der Runde und die Tür bleibt dicht.
Nehmt das Ende in Kauf und wir schließen euch auf.

»Ganz toll«, sagte Bob. »Nur ist leider kein McBrandy da, der uns hier herausholen kann!«
»Oder will!«, ergänzte Peter.
»Apropos, wer hat das Funkgerät?«, wollte Justus wissen.
Einen Augenblick lang herrschte Stille. Dann sagte Peter leise: »Das habe ich in DREI auf den Boden gelegt, als ich den Stuhl geholt habe!«
»Peter!!«, sagte Justus scharf. »Sag bloß, du hast es da vergessen!«
»Ja. Wir wollten aber ja auch die Verbindung zu dem Raum offen halten!«
»Das Funkgerät hat doch sowieso keinen Sinn mehr«, versuchte Bob, die Lage zu entschärfen. »Falls McBrandy überhaupt je wieder auftauchen sollte, können wir ihn auch über die hier installierte Tonanlage alarmieren.«
Inzwischen war das schwache Licht mit der Schrift wieder verglommen.
»Okay. Vergessen wir das Funkgerät«, sagte Justus. »Ich schlage vor, wir sehen uns erst einmal um. Natürlich im übertragenen Sinne. Wir tasten uns in beiden Richtungen an der Wand entlang, um herauszufinden, wie groß die Gruft

ist. Peter und Bob, ihr von der Eingangstür aus nach rechts, ich nach links. Irgendwo müssten wir dann wieder zusammenkommen. Und auf dem Weg dahin hoffentlich auf den Ausgang stoßen. Geht vorsichtig und achtet auch auf mögliche Gegenstände. Irgendetwas, das uns auf der Suche nach dem Schlüssel weiterhilft.«

»Ich bleibe hier am Eingang«, erklärte Sandy. »Ich muss mich erst mal von dem Schreck erholen.«

Bob und Peter waren mit Justus' Vorschlag einverstanden und begannen mit der Erkundung. Bob tastete sich an der Wand lang, Peter folgte ihm gehockt, sodass er auch den Boden untersuchen konnte.

»Wenn wir bloß unsere Taschenlampen dabeihätten«, sagte Peter. Immer wieder fuhr er über den Boden und spürte nur Sand unter den Händen, nichts als Sand. Aber ständig rechnete er damit, in etwas Überraschendes, Ekliges, Schlimmes zu greifen.

»Zwischenstand?«, fragte Justus.

»Nichts«, sagte Bob. »Die Wand hier ist etwas rau, wie Beton, aber vollkommen leer. Kein Bild, keine Vertiefung, keine Hebel oder Schalter.«

»Bei mir ist auch nichts«, meldete Justus. »Aber ich habe den Eindruck, dass dieser Gestank stärker wird. – Oh, hier geht der Raum um die Ecke!«

Justus wartete, bis Peter und Bob mit ihm auf gleicher Höhe waren. Sie konnten sich berühren, so eng waren sie plötzlich beieinander.

»Macht eure Wand auch einen Knick?«

»Nein, sie geht weiter geradeaus.«

Justus entfernte sich wieder von seinen Freunden. Stück für Stück arbeiteten sie sich vorwärts, ohne auch nur im Ansatz etwas anderes zu finden als Sand und Wände. Bald knickte auch auf Bobs Seite die Wand nach links ab und er und Peter bewegten sich in Justus' Richtung.

Plötzlich stieß der dritte Detektiv auf kaltes Metall. »Hier ist die Tür«, rief er. »Etwa auf halber Höhe hat sie ein Loch wie die Öffnung zu einem Schloss. Also muss es hier einen Schlüssel geben!«

Etwa gleichzeitig bemerkte Justus, dass sich bei ihm die Wand leicht nach rechts bog. Er tastete sich um die Rundung und nach ein paar Metern trafen die drei schließlich wieder zusammen.

»Ich kann mir nun ein grobes Bild machen«, sagte Justus. »Ein kleiner Eingangsbereich, der sich nach links in einen länglichen Raum öffnet. Insgesamt ist der Hauptraum nicht größer als vielleicht fünfzehn Quadratmeter, drei Meter breit und fünf Meter lang. Dazu noch der Vorraum. Der Ausgang befindet sich an der langen Seite gegenüber. Um festzustellen, ob es hier drinnen noch etwas anderes gibt als Sand, sollten wir den Raum jetzt durchqueren.«

Justus klare Worte hatten eine beruhigende Wirkung. Trotzdem konnte sich Peter die Bemerkung nicht verkneifen: »Und wenn in der Mitte eine unangenehme Überraschung lauert?«

»Wir müssen eben vorsichtig sein, Peter. Wir halten uns nebeneinander und bewegen uns am besten auf allen vieren.«

Sie krochen los.

Sand, nichts als Sand.

Bis sie die gegenüberliegende Wand erreichten.
»Dieser üble Geruch«, sagte Bob, »der kommt von oben, oder?«
»Das habe ich auch schon gedacht. Vielleicht aus einem Lüftungsschacht in der Decke«, sagte Justus.
»Und wenn der Schlüssel dort versteckt ist? Da kommen wir doch nicht hin ohne Leiter.«
»Keine Ahnung, Peter. Im Moment bin ich etwas ratlos.«
»Justus, dieser Satz ist für dich einfach verboten!«, rief Bob. »Wenn wir keinen Plan haben, dann machen wir uns eben einen. Ich schlage vor, wir durchsuchen den Sand! Wenn man hier einen Schlüssel verstecken kann, dann doch wohl irgendwo dort.«
»Das scheint mir plausibel«, sagte Justus, »aber wir suchen systematisch. Damit wir nichts übersehen. Wir durchkämmen das Gebiet der Länge nach nebeneinander wie eine Flotte von Baggern!«
»So klingt das schon besser, Justus«, sagte Bob.
Als Erstes grub der Erste Detektiv ein Loch, um zu sehen, wie tief der Sand war. Nach gut dreißig Zentimetern stieß er auf Steinboden. »Wenn wir einigermaßen sichergehen wollen, nichts zu übersehen, brauchen wir für den Raum eine halbe Stunde«, schätzte er. »Die Zeit sollten wir uns nehmen. Es wäre fatal, wenn wir wieder von vorne anfangen müssten!«
»Okay«, sagte Bob und griff in den Boden unter sich.
Sie suchten gründlich. Zentimeter um Zentimeter, Dezimeter um Dezimeter, Meter um Meter. Staub mischte sich in den entsetzlichen Geruch und sie mussten husten. Doch die drei ??? fanden nichts als Sand. Es war zum Verzweifeln.

»Wollt ihr einen Mundschutz?«, ließ sich Sandy vernehmen. »Euer Gekrächze ist ja nicht auszuhalten!«
»Du hast Atemschützer?«, rief Justus. »Und das sagst du erst jetzt?«
»Glaube ich zumindest!«, rief Sandy. »Ich habe sie gerade gefunden. Sie waren in einer Box, die im Sand steckte. Und außerdem sollte ich mich ja nicht einmischen!«
»Das bedeutet, dass wir auf dem richtigen Weg sind!«, sagte Justus mit neuem Mut. »Warum sollten hier Atemmasken deponiert sein, wenn nicht als Hinweis, den staubigen Untergrund zu durchkämmen!«
»Dann beeilt euch«, sagte Sandy, »ich habe nämlich den Eindruck, dass die Luft knapp wird!«
Justus wagte sich vorsichtig zu ihr vor und holte die Masken. Kurze Zeit später hatten die drei ??? den Hauptraum durchquert. Doch einen Schlüssel hatten sie nicht gefunden. Also machten sie sich an den Eingangsbereich.
»Wie liegen wir in der Zeit?«, fragte Justus.
»Keine Ahnung«, sagte Sandy. »Die Stoppuhr ist nicht beleuchtet!«
Wortlos schufteten die drei ??? weiter. Schließlich erreichten sie Sandy, die über Bob hinwegstieg und damit Platz für den letzten Meter machte. Doch mit jedem Zentimeter sank die Hoffnung, dass sie noch etwas finden würden. Bis Bob, der vor der Eingangstür grub, plötzlich auf etwas stieß. »Ich hab was!«, rief er aufgeregt.
»Den Schlüssel?«
»Nein, leider nicht. Es fühlt sich anders an, glatt, auch stumpf. Länglich und an der Spitze … Das … ist eine Kerze!«

»Eine Kerze, toll!« Enttäuscht ließ Peter Luft ab. Doch plötzlich rief er: »Gib sie mir mal!«
»Glaubst du mir nicht?«, fragte Bob.
»Lass dich überraschen!«
Halb neugierig, halb misstrauisch suchte Bob in der Dunkelheit nach Peters Arm und drückte ihm die Kerze in die Hand.
Sie hörten, wie Peter aufstand. Etwas kratzte an der Wand.
»Was tust du da?«, fragte Bob.
»Er rettet uns«, sagte Sandy.
Wieder kratzte es. Ein kurzer Blitz.
»Mist, jetzt habe ich nur noch zwei!«
Dann flammte etwas auf. Es wirkte gleißend hell nach all der Dunkelheit. Es war das Licht eines Streichholzes. Peter hielt die Flamme an den Docht der Kerze und zündete sie an. Alle starrten sie an, als hätten sie noch nie eine Kerze gesehen.
Peter genoss den Augenblick. »Tja! Angst und Vorsicht haben auch ihr Gutes! In EINS habe ich drei von den wasserfesten Streichhölzern eingesteckt! Man weiß ja nie!«
»Warum hast du die Streichhölzer nicht gleich rausgeholt?«, fragte Sandy.
»Ich … ich habe irgendwie nicht daran gedacht! Ich war so durcheinander wegen des Funkgeräts. Aber als Bob *Kerze* sagte, da hat es bei mir klick gemacht! Kerze – Streichholz – Licht!«
»Aber einen Schlüssel haben wir noch nicht gefunden«, sagte Bob. Immer noch starrte er auf die Kerze. »Obwohl …«, sagte er, »… da ist doch was!«

Ohne Wasser

Ganz unten im Wachs der Kerze, wo sich der Schein der Flamme langsam verlor, hob sich ein dunkler Gegenstand ab. »Der Schlüssel! Die haben ihn ins Wachs eingeschmolzen!«, rief Peter.
»Wir müssen versuchen, den Teil abzubekommen, ohne die Kerze zu löschen«, sagte Justus. »Nur so können wir den Schlüssel über der Flamme komplett freilegen.«
»Übrigens noch zehn Minuten!«, sagte Sandy und deutete auf die Uhr.
Mit einigem Geschick gelang es den drei ???, den unteren Teil der Kerze abzubrechen, ohne dass diese erlosch. Dann machten sie sich daran, das Wachs vom Schlüssel abzuschmelzen. Nach wenigen Minuten hatten sie es geschafft.
»Wie hätte man ohne diese Streichhölzer das Rätsel gelöst?«, fragte sich Bob.
»Vielleicht sind hier vorne welche im Sand versteckt«, sagte Justus, »blöderweise haben wir das Pferd von hinten aufgezäumt. Das hat viel Zeit gekostet.«
Es war ihnen jetzt auch egal. Sie packten ihre Taschen zusammen und liefen zur Ausgangstür. Peter steckte den Schlüssel ins Schloss. Er passte. Erleichtert drehte der Zweite Detektiv den Türknauf, und die Tür schwang auf. Das warme Licht einer Deckenlampe fiel herein. »Gerettet!«, rief der Zweite Detektiv. »Gerettet!«
»Zumindest vorläufig«, sagte Bob und betrat ebenfalls den fensterlosen Raum, der der Pausen- und Toilettenraum sein

musste. Tatsächlich waren sie in eine Art Diele geraten, die rechts und links in zwei Flure überging. Dem Ausgang von Kammer VIER direkt gegenüber führten zwei Eisentüren in eine Damen- und eine Herrentoilette. Dazwischen stand ein schmaler Tisch an der schwarz gestrichenen Wand, auf ihm eine Kaffeekanne und ein paar Pappbecher. Doch die Kanne war leer.

»Ich verabschiede mich kurz«, sagte Sandy und verdrückte sich auf die Damentoilette.

Justus, Peter und Bob tranken ein paar Schlucke aus ihren Vorräten und nahmen erst einmal den Raum unter die Lupe. »Es muss doch einen Ausgang geben«, sagte Justus. »Ich kann mir nicht vorstellen, dass die sieben Räume nur von vorne und von hinten betreten werden können. Da bietet sich doch der Pausenraum als Notpassage an!«

Sie gingen den einen Flur hinunter. An seinem Ende stießen sie tatsächlich auf eine Stahltür. Über ihr war ein Schild befestigt: *Nur für Personal.*

»Na also«, sagte Justus und Hoffnung kam auf. Die aber nicht lange hielt: Die Tür war verschlossen! Justus klopfte ein paarmal gegen das Metall, falls sich auf der anderen Seite jemand befand und sie hörte. Doch das war nicht der Fall.

Enttäuscht wandte sich Bob ab. »Also müssen wir uns noch durch die drei weiteren Räume rätseln, um hinauszukommen!«

»Oder warten«, sagte Peter. »Denn immerhin kommen wir hier an Wasser.«

»Leider nicht!«

Das war Sandy, die unbemerkt hinter sie getreten war. »Das Wasser ist abgestellt! Ich habe die Spülung betätigt und

nichts lief mehr nach. Auch der Wasserhahn hat nur kurz geblubbert, dann war Feierabend!«
Es war ein kleiner Schock. Ohne Wasser würde es deutlich schneller unangenehm werden, wenn sie es tatsächlich nicht allein aus den Rätselräumen herausschaffen sollten. Auf Anweisung von Justus prüften die drei ??? sofort ihre Vorräte. Bis zu Kammer DREI waren sie sehr unbesorgt mit den Getränken umgegangen. Das rächte sich nun. »Peter hat leider fast gar nichts mehr«, stellte Justus fest, »ich habe noch eine halb volle Flasche und Bob besitzt noch am meisten. Vielleicht haben wir auf der Männertoilette mehr Glück und können unsere Wasserflaschen wieder auffüllen.«
Seltsamerweise war die Tür zur Herrentoilette abgeschlossen. Verwundert rüttelte Justus daran. »Da wird doch wohl keiner drin sein«, sagte er und klopfte gegen das Metall.
Sandy schüttelte den Kopf. »Kann ich mir auch nicht vorstellen. Wenn es so ist wie bei den Mädels, dann kommt erst ein Raum mit dem Waschbecken und dahinter geht es zu den abschließbaren Toiletten.«
Justus hielt sein Ohr an die Fläche und legte die Stirn in Falten. Täuschte er sich oder bewegte sich auf der anderen Seite irgendetwas? Er klopfte energischer.
»Hallo?«, kam es plötzlich von innen.
Die drei ??? schraken zusammen.
»Hallo?« Eine männliche Stimme.
»Wer sind Sie?«, rief Justus.
Ein Moment Stille.
»Holt mich hier raus«, rief dann der Mann. »Hilfe! Holt mich doch raus! Hilfe!!« Jetzt klopfte auch er gegen die Tür.

»Wir haben keinen Schlüssel!«, rief Justus.
»Er muss da irgendwo liegen! Ich habe im Schloss herumgestochert und dabei ist er …«
Justus warf Peter und Bob einen Blick zu und sie suchten gemeinsam den Boden ab.
»Ich hab ihn!«, rief Peter nach kurzer Zeit. »Er lag unter dem Tisch!«
Er reichte den Schlüssel Justus, der ihn ins Schloss steckte. Er schien zu passen. Doch bevor Justus den Schlüssel umdrehte, warf er seinen Freunden einen warnenden Blick zu. Auch ohne diese Aufforderung hatten sich Peter und Bob in Abwehrposition gestellt. Es war unklar, was sie erwartete.
»Jetzt«, sagte Justus. Er öffnete die Tür mit einem Ruck.
Und starrte auf einen Mann, der nicht minder überrascht auf ihn zurückglotzte. Der Kerl war einen Kopf größer als Justus, muskelbepackt und vielleicht Mitte dreißig. Seine langen dunklen Haare hatte er – gestützt von einem schmalen Stirnband – in lässig wirkenden Wellen nach hinten geföhnt, sodass sein braun gebranntes Gesicht wirkte, als blicke es direkt in den Wind. Um seinen Hals lag ein protziger Kopfhörer. Wahrscheinlich hatte der Typ ihn bis eben getragen und daher zunächst nichts gehört. Über seiner rechten Schulter hing ein Rucksack. Dann fiel Justus' Blick auf das verwaschene T-Shirt, auf dem eine Sonne abgebildet war, unter der *hcts* stand.
»*Here comes the sun*?«, fragte Justus.
»Hä?«
»*Here comes the sun* – das bedeutet doch die Abkürzung auf Ihrem T-Shirt, oder?«

»Was bist du denn für ein Clown?«, fragte der Mann.
»Ich kann die Tür gerne auch wieder zumachen«, erläuterte Justus.
Der Mann drängte ihn zur Seite und trat in den Flur. Verblüfft sah er sich um. »Wer seid ihr denn alle? Und wie kommt ihr hierher?« Sein Blick blieb an Sandy hängen, die augenblicklich ein breites Lächeln aufsetzte.
»Bei uns handelt es sich um ein Rätselteam«, erklärte Justus. »Wir haben uns erfolgreich durch die Kammern EINS bis VIER gerätselt und sind entsprechend hier eingetroffen.«
»Und wer hat euch in die Burg gelassen?«, fragte der Mann.
»Sie meinen am Empfang? Ein Mr McBrandy«, sagte Justus.
»Soso, McBrandy. Wer ist das denn?«
»Das wissen Sie nicht? Der Assistent von Mr Norman.«
»Norman!«, sagte der Mann. »Dieser Mistkerl hat mich hier eingesperrt!«
»Können Sie uns sagen, warum?«
»Keine Ahnung! Er hat mir eins über den Kopf gegeben, mich in die Toilette gedrückt und zugesperrt. Dann hat er mir auch noch das Wasser abgestellt! Vielleicht hat ihm meine Visage nicht gepasst! «
Das konnte sich Justus gut vorstellen. Aalglatt, gepaart mit einem gehörigen Schuss Unverschämtheit. »Darf ich fragen, wie Sie heißen und was Sie hier machen?«, fragte der Erste Detektiv.
Der Mann wischte sich mit der Hand über seine Haarwellen. »Das darfst du ausnahmsweise. Mein Name ist … Jay. Jay Oliver. Ich bin auch ein Rätsler, genau wie ihr. Aber ich

habe keine so hübsche Begleitung dabei.« Er grinste Sandy an, die unverblümt zurücklächelte. »Sind die drei Jungs nicht noch ein wenig zu grün hinter den Ohren für so eine Powerlady wie dich?«

»Sie haben sich übrigens noch nicht dafür bedankt, dass wir Sie befreit haben«, sagte Justus kühl.

»Danke, dass ihr mich befreit habt.«

»Gern geschehen«, sagte Justus. »Es erscheint mir im Übrigen unwahrscheinlich, dass Sie auf Rätseltour waren. Wir waren als erste Tour heute gebucht.«

Jay sah Justus an. »Du denkst, du bist ein schlaues Kerlchen, was? Doch leider gibt es mehr Möglichkeiten auf der Welt, als du dir in deinem jungen Hirn vorstellen kannst. Ich … habe die Tour in zwei Abschnitten gemacht. Letzte Woche EINS bis VIER und heute waren FÜNF bis SIEBEN dran. Mr Norman hat mich vorhin direkt hierhergeführt. Da vorne ist nämlich eine Tür nach draußen, durch die wir gleich verschwinden werden!«

»Werden wir nicht!«, sagte Justus. »Denn leider ist sie abgeschlossen. Das haben wir schon geprüft. Wir würden nämlich auch gern raus. Es sieht also so aus, als würden wir noch eine ganze Weile zusammenbleiben müssen. Ich fürchte, der einzige Weg in die Freiheit ist der durch die noch vor uns liegenden Räume!«

Jay schien einen Moment zu brauchen, um die Situation zu begreifen, dann sagte er plötzlich: »Tut mir leid, dass ich eben so ruppig war. Aber ich habe mehrere Stunden in diesem Loch gesteckt. Was soll's. Dann komme ich eben doch noch zu meiner kleinen Tour! Und gegen eine Rätselhilfe von euch habe ich nichts einzuwenden. Ich bin nicht so ehrgeizig, alles alleine machen zu wollen.«

Die drei ??? wechselten ein paar Blicke. Was war das für ein Typ? Er erweckte nicht den Eindruck, als ob es ihm Spaß machen würde, aufwendige Knobeleien zu lösen. Eher sah er so aus, als würde er im Fitnessstudio von Santa Monica Frauen beschwatzen oder sich mit Gleitschirmen von Felskanten stürzen. Was Jay ihnen da erzählte, klang also mehr als merkwürdig. Und es schien – wenn überhaupt – nur ein Teil der Wahrheit zu sein.

»Was ich immer noch nicht begreife, ist, dass Mr Norman Sie eingesperrt haben soll«, sagte Peter. »Als wir vor ein paar Stunden ankamen, war er nämlich gar nicht da.«

»Vielleicht ist er danach abgehauen«, sagte Jay. »Oder es war gar nicht Mr Norman, sondern jemand anders. Als ich vor einer Woche hier war, hatte mich einer seiner Mitarbeiter eingewiesen.«

»So ein grimmiger Typ mit Bart?«

»Ja … genau! Ist das euer McDingsbums?«

»McBrandy. Korrekt.«

»Der war es, jetzt erinnere ich mich auch an seinen Namen! Und der Mann hat euch vorhin empfangen und reingelassen? Dann kann der uns doch auch wieder rauslassen!«

»Leider ist unser Kontakt zu ihm abgebrochen«, sagte Justus. »Ich fürchte, er ist nicht mehr da. Ebenso wenig wie der Pächter.« Er musste an das Auto denken, das auf der Herfahrt fast mit ihnen zusammengestoßen war. »Heute Morgen ist uns auf dem Weg hierher ein rasendes Auto begegnet. Vielleicht war er das.«

Jay stimmte heftig zu. »Sag ich doch! Ist abgehauen, der Kerl!«
»Aber warum?«
Der Mann zuckte mit den Schultern. »Im Moment ist mir das ziemlich egal, Jungs. Hauptsache, wir kommen hier raus!« Er sah Sandy an. »Dann lade ich dich zu einem romantischen Dinner ein, Prinzessin, versprochen!«
»Nenn mich einfach Sandy«, sagte Sandy. »Und das Dinner geht okay.«
Jay legte den Kopf schief und sah sie an. »Bist du so etwas wie die große Schwester dieser Truppe? Oder was ist dein Tagwerk?«
»Mir gehört ein Strandcafé«, sagte Sandy spitz. »Aber heute spiele ich Stoppuhr. Die Jungs wollten die Zeit messen, wie lange sie für die Räume brauchen. Aber ich glaube, das ist nun nicht mehr nötig.«
Justus nickte und sagte: »Das ist leider korrekt. Es geht jetzt nur noch darum, hier wieder hinauszukommen! Und dazu möchte ich Folgendes bemerken.« Er holte Luft.

Römische Bauklötze

»Wenn wir uns aus dieser Situation befreien wollen, müssen wir planvoll vorgehen«, sagte Justus entschieden. »Die Getränkerationen haben wir überprüft. Leider sind sie sehr überschaubar. Vielleicht können Sie auch noch etwas dazu beitragen, Jay?«

»Zwei Dosen Bier. In meinem Rucksack.«

Bob verzog das Gesicht.

»Wie haben Sie die denn durch die Sicherheitsschleuse gebracht?«, fragte Peter.

Jay stöhnte auf. »Ich brauchte da nicht durch, Kleiner! Und wollten wir uns nicht um die Zukunft kümmern? Wie sieht es mit dem Essen aus? Ich habe noch eine Packung Dauerwürste. Leider ist sie für die Lady und mich reserviert.«

»Danke«, sagte Justus, »wir bevorzugen Sandwiches, von denen wir auch noch über mehrere verfügen. Was befindet sich denn sonst noch so in Ihrem Gepäck?«

»Das geht euch gar nichts an!« Die Antwort kam so scharf, dass Peter richtig zusammenzuckte.

Justus bemerkte das auch, blieb aber vollkommen gelassen. »Zusammengefasst ist unsere Situation so, dass wir hier eingesperrt sind und nicht wissen, wann und ob wir wieder befreit werden. Mr Norman, der Betreiber des *NO-EXIT*, ist spurlos verschwunden. Auch sein Assistent McBrandy meldet sich nicht mehr. Wir wissen nicht, was vorgefallen ist, und wenn alles schiefläuft, drohen wir zu verdursten. Der einzige Weg ins Freie führt über die Rätsel. Dazu müssen wir

alle zusammenhalten, auch wenn wir aus unterschiedlichen Gründen hier sind. Wir sitzen, wie man so schön sagt, in einem Boot!« Die anderen nickten und Justus fuhr fort: »Wenn wir, wie ich ausgeführt habe, alle zusammenhalten müssen, sollten wir uns vertrauen können. Mr Oliver, in diesem Punkt besteht Ihrerseits noch Erklärungsbedarf. Ich kann mir nicht vorstellen, dass der langjährige Betreiber dieser Rätselburg Sie in diesen Raum führt, Ihnen grundlos eins über den Schädel gibt und Sie auf der Toilette einsperrt. Was möchten Sie dazu noch bemerken?«
»Mich würde das auch interessieren«, sagte Sandy.
Justus warf ihr einen überraschten Blick zu. Mit ihrer Unterstützung hatte er gar nicht gerechnet.
Jay Oliver schien das ebenfalls wahrzunehmen. »Ich habe ihn beleidigt«, sagte er dann leise. »Ich weiß, es war nicht gerade schön von mir. Ihr habt Norman ja nie gesehen, oder?«
Die drei ??? schüttelten den Kopf.
»Du auch nicht, Prinzessin?«
»Nein«, sagte Sandy.
»Nun, Norman ist ein Schwarzer. Ich habe einen blöden rassistischen Spruch gebracht. Da ist er ausgetickt.«
»Das muss eine üble Beschimpfung gewesen sein«, sagte Justus.
»Leider ja.«
»Was mich zu der Frage führt, warum Sie ihn beschimpft haben!« Justus sah ihm direkt in die Augen. »Sind Sie einfach nur ein Idiot?«
»Aber nein!« Jay brauste auf. »Viele meiner Freunde sind

Schwarze! Die Hautfarbe ist mir doch vollkommen egal. Es war nur … Ich war schlecht drauf. Hatte mich mit ihm gestritten, wegen des Sicherheitschecks, den er mir aufzwingen wollte. Dann hat er das Bier entdeckt und wollte es mir abnehmen. Da hab ich ihn etwas angerempelt, vielleicht auch etwas fester, ein Wort gab das andere … tut mir ja auch leid!«

»Und deswegen sperrt er Sie ein und haut ab von der Rätselburg? Lässt einfach alles stehen und liegen?«, fragte Justus.

»Dazu weiß ich nichts«, sagte Jay. »Vielleicht ist ja auch noch was anderes passiert.«

»Hm.«

»Schwachkopf«, sagte Sandy in Richtung Jay.

»Ich werde es wiedergutmachen, Prinzessin«, sagte Jay, »versprochen!«

»Also schön«, sagte Justus, »kümmern wir uns erst einmal um die verbleibenden Rätsel!«

Die Tür zum nächsten Raum lag am anderen Ende des Flurs. Darüber hing ein kleines beleuchtetes Schild, wie man es in alten Kinos oder Theatern findet. Darauf stand FÜNF.

Sandy, die vorangegangen war, drehte am Türknopf und zog. Kreischend ließ sich die Tür öffnen.

»Könnte etwas Öl gebrauchen«, murmelte Bob.

Und wieder war den Rätselmachern eine Überraschung gelungen. Als hätten sie einen Zeitsprung über mehrere tausend Jahre gemacht, tauchten sie in eine uralte Welt ein. An den Wänden entdeckten sie aufgemalte Pyramiden und Tempel, Götter und Pharaonen, geheimnisvolle Figuren und rätselhafte Symbole. Justus fühlte ein erwartungsvolles Kribbeln im Bauch. Die alten Hochkulturen waren eine seiner Spezialitäten. Die Hoffnung wuchs, dass sie zumindest FÜNF gut würden lösen können.

Auch Peter und Bob waren erleichtert. Sie setzten auf Justus. Doch der Teufel konnte im Detail stecken, das hatte ihnen das Abenteuer mit dem Raumschiff deutlich gemacht.

Auch Jay hatte sich bereits umgesehen. »Ach, du großer Mist!«, rief er aus. »Römische Bauklötze sind nicht gerade meine Stärke!«

»Dann werden Sie sich am besten unter meine Führung begeben«, antwortete Justus. »Ich habe zumindest mal entfernt davon gehört.«

»Ganz entfernt«, sagte Peter und grinste.

»Na, dann zeig mal, dass du kein Angeber bist!«, sagte Jay.

Zunächst gingen sie vor wie in jedem Raum und verschafften sich einen Überblick. Justus entdeckte, dass auf dem griechischen Tempel Tierfiguren abgebildet waren. Dazu hockten verschiedene Stofftiere neben Götterstatuen. Die aufgemalten Tiere stellten dem Betrachter in Spruchblasen Rätselaufgaben. Doch welche der Denksportaufgaben eine Rolle spielten und welche in die Irre führten, wusste man nicht. Auf einer frei stehenden Treppenstufe fand Peter ein paar Bücher über alte Kulturen, während Bob lateinische Begriffe besichtigte, die in eine Säule eingemeißelt waren.

Eins war seltsam: Sosehr Justus auch suchte, diese Kammer schien nur einen Eingang zu haben. Wo befand sich die Ausgangstür?

Jay hatte sich vor einer schönen ägyptischen Königin aufgestellt, stieß Sandy in die Seite und sagte: »Das bist ja du, Prinzessin!«

»Das ist Nofretete«, überraschte Sandy die Anwesenden. »Aber darüber hinaus kann ich euch hier leider kaum weiterhelfen.«
Also beauftragte Justus Sandy und Jay, sich um die Zeichen an einem steinernen Sarg zu kümmern, der etwas abseits stand. »Es könnten alte ägyptische Hieroglyphen sein«, sagte er. »Schriftzeichen.« Bob und Peter schob er indes in die andere Ecke des Zimmers. Dort nahmen sie auf einer am Boden liegenden Säule Platz.
»Lagebesprechung«, flüsterte Justus, sodass Jay und Sandy ihn nicht hören konnten. »Rätsel hin oder her, wir müssen uns eine kleine Auszeit gönnen. Was haltet ihr von dem Kerl?«
»Ich traue Jay nicht«, sagte Peter. »Ich traue sowieso der ganzen Sache nicht! Das ist doch total seltsam, was hier passiert!«
Bob nickte heftig. »Es erinnert mich an diese psychologischen Experimente, bei denen dauernd etwas Unvorhergesehenes geschieht. Dabei testen dann irgendwelche irren Studenten, wie man reagiert, und schreiben darüber eine Doktorarbeit!«
»Meinst du, so etwas steckt dahinter?«, fragte Peter. »Das wäre mir tatsächlich die liebste Lösung!«
»Ich fürchte, darauf können wir nicht zählen«, sagte Justus. »Wir wären ja fast schon gleich zu Anfang wieder nach Hause gefahren. Wenn man uns in eine Falle hätte locken wollen, hätte man vor allem die Ankunft glatter gestaltet und nicht lauter Schilder mit dem Hinweis aufgestellt, dass die Burg geschlossen ist. Nein, ich fürchte, wir stecken richtig in der Klemme!«

Peter räusperte sich vernehmlich.
Justus sah ihn an. »Ich weiß, was du sagen möchtest, Zweiter. Dass du ja gleich darauf hingewiesen hast, dass wir Schwierigkeiten bekommen werden. Es ist nichts geworden aus dem entspannten Knobelclub. Zugegeben, damit hatte ich in diesem Fall wirklich nicht gerechnet. Vielleicht war ich ein wenig geblendet von der Aussicht auf sieben Stunden voller Rätsel!«
»Immerhin nett, dass du dich daran erinnerst«, sagte Peter.
Bob lächelte kurz, dann sagte er: »Aber was geht hier dann vor? Es begann schon auf der Herfahrt mit diesem teuflischen Fahrer. Dann die Schilder mit der geschlossenen Burg. Dieser seltsame McBrandy. Und auf einmal taucht das verrückte Huhn Sandy auf. Dann ist McBrandy plötzlich weg und wir entdecken stattdessen in einer Toilette einen Mann, der sich Jay nennt … Was er wohl in seinem Rucksack versteckt hält?«
»Das habe ich mich auch schon gefragt«, sagte Justus. »Am besten warten wir auf eine Gelegenheit, bei der wir Jay ablenken können, dann schaut einer von uns rein.«
»Leider lässt er den Rucksack nicht aus den Augen«, sagte Bob.
»Aber auch Sandy hat ihr Geheimnis«, flüsterte Justus. »Ich habe gesehen, wie –«
»Wir haben jetzt alle Symbole abgezeichnet«, unterbrach ihn die Frau. Hatte sie mitgehört? »Und wie kommt ihr mit den Rätseln weiter?«
»Es läuft wie am Schnürchen«, rief Justus zurück. »Dann schaut doch jetzt bitte nach, ob ihr den Sarg aufbekommt. Es wäre interessant zu wissen, was sich dort drin befindet!«

»Erzähl schon«, drängelte Peter, als sich Sandy und Jay wieder abgewandt hatten.
Justus beugte sich vor. »Sandy hat etwas hineingeschmuggelt«, sagte er im Flüsterton. »Ich bin mir ziemlich sicher!«
»Und wie soll sie das gemacht haben?«, fragte Peter. »Sie ist doch durch die Sicherheitsanlage gegangen!«
»Sie lief zweimal hindurch«, antwortete Justus. »Beim ersten Mal ging die Alarmanlage los und sie stolperte.«
»Stimmt. Ich kann mich erinnern«, sagte Peter. »Sie hat sich am Blumenkübel abgestützt, ist umgekehrt und hat die ganze Tour noch einmal gemacht.«
»Genau. Beim zweiten Mal klappte es. Auf dem Weg zu mir hat sie beim Ficusbaum ein paar Blätter aufgesammelt. Dabei hat sie vermutlich etwas aus dem Kübel genommen, was sie beim ersten Versuch reingesteckt hatte.«
»Ich verstehe«, sagte Bob. »Mann, ist das clever! Sie hatte doch diese Armreifen an. Du meinst, das war nur ein Täuschungsmanöver, um das gewisse Etwas gleich mit durchzuschmuggeln? Die Anlage löst aus, alle denken, es sei der Schmuck, aber in Wirklichkeit hat sie noch etwas Huckepack, das sie schnell auf der anderen Seite deponiert.«
»Auf die Armreifen bin ich auch erst mal hereingefallen. Ich dachte bei mir: *So eine dumme Nuss!* Aber irgendetwas störte mich an der Aktion und ich rief mir die Bilder immer wieder vor Augen. Dann stieß ich auf den Punkt mit den Pflanzenkübeln.«
»Meinst du, die zwei stecken unter einer Decke?«
»Jay und Sandy? Dann müssten sie schon gute Schauspieler sein, Peter«, antwortete Justus, »aber denkbar ist alles. Jeden-

falls tut Sandy manchmal nur so naiv. Es ist eine gute Tarnung. In Wirklichkeit scheint sie mir bedeutend klüger zu sein, als sie vorgibt!«

In dem Moment hörten sie einen gespenstischen Schrei.

Überraschung im Sarg

Was die drei ??? gehört hatten, war nicht der Laut eines Menschen gewesen. Der folgte gleich darauf, spitz und durchdringend. »Iiiiiiih!« Das war Sandy.

Die drei Jungen fuhren herum. Der Sarg war aufgeklappt. Sandy stand davor und starrte hinein. Die Hände hatte sie vor ihr Gesicht geschlagen. Nun lugte auch Jay über den Rand. »Indiana Jones lässt grüßen«, rief er angewidert.

Plötzlich war auch ein Summen zu hören.

Die drei ??? liefen hinüber. Der Anblick war tatsächlich widerlich. Im Innern des Sarges lag ein verschrumpelter Toter, eine Mumie. Aber das war längst noch nicht alles. Der Leichnam vibrierte leicht, vermutlich durch die vielköpfige Schlangenbrut, die sich wabernd und zitternd um ihn herum bewegte. Es mussten an die hundert Tiere sein, kleine und große, ein wildes züngelndes Über- und Untereinander, das von kurzen, zischenden Lauten begleitet wurde.

Einen Moment lang sah Justus auf das Gewusel. Dann griff er beherzt in den Sarg hinein.

Vor Schreck schrie Peter auf.

Justus packte etwas und hob es hoch. Es war länglich, weich und flatterte wie wild in der Luft herum.

»Spinnst du, Justus?«, rief Peter und wich zurück. »Die Schlange … Das ist gefährlich!«

»Gefährlich, Peter, ja, sooo gefährlich …«, grollte Justus mit tiefer Stimme. Er drehte sich um und warf Jay das Tier zu. Der zuckte zurück, riss panisch die Hände zur Seite und ließ

das Flugobjekt von seinem T-Shirt abprallen. Plötzlich lag die Schlange ganz still am Boden. Justus bückte sich und hob sie auf. »Sie ist aus Gummi«, erklärte er. »Die ganzen Tiere da drin bestehen aus so einem Glibberzeug. Hört ihr das Summen?«
Bob nickte.
»Es muss ein Motor sein, der den Untergrund des Sarges vibrieren lässt. Dadurch scheinen sich die Tiere wie wild durcheinanderzubewegen. Als Sandy den Sargdeckel hochgeklappt hat, hat sie den Mechanismus ausgelöst. Auch dieser furchtbare Schrei, den wir gehört haben, ist Teil der Show. Man wollte uns einen gewaltigen Schrecken einjagen, was ja auch gelungen ist.«
»Das mit dem Wurf nehme ich dir übel, Dicker«, sagte Jay zu Justus.
Sandy stieß ihn mit dem Ellenbogen in die Seite. »*Du* hättest mich schließlich auch retten können, du Held!«, sagte sie missbilligend.
Man merkte Justus kaum an, dass er kurz in sich hineinlächelte. »So spektakulär, wie der Sarg inszeniert ist, lässt es den Schluss zu, dass es sich bei ihm um eine wichtige Rätselstation handelt«, dozierte er weiter. »Jay, wollen Sie freundlicherweise herausfinden, wo man den Motor abstellt?«
»Tu du das doch, du aufgeblasenes Nichts!«, zischte der Mann und wandte sich ab.
»Alles muss man selber machen«, sagte Sandy, beugte sich über den Sarg und griff mutig in die wabernde Vielfalt. »Ich taste mal den Boden ab, ob ich irgendetwas finde.«
Peter gesellte sich zu ihr, starrte auf die Schlangen, schloss

kurz die Augen und langte dann ebenfalls zu. »Ich helfe dir«, sagte er.

Mit vollen Händen fassten beide die Gummitiere und warfen sie nach draußen. Plötzlich klapperte etwas und eine goldfarben glänzende Münze rollte über die Fliesen. Sandy bückte sich und wollte danach greifen, doch Peter war schneller. Nachdenklich legte er das Geldstück auf den Rand des Sarges.

Kurze Zeit später hatten sie dessen Boden komplett freigelegt. Dort entdeckten sie zwar keinen Schalter, um den Motor abzustellen, aber dafür kam ein Symbol zum Vorschein. Ein liegender Löwe mit Menschenkopf. »Eine Sphinx«, sagte Peter erstaunt, »wie die bei den Pyramiden von Giseh!«

»Eine Sphinx?« Interessiert trat Justus näher. Er hatte sich gerade mit den Hieroglyphen beschäftigt und steckte den Zettel, auf dem Sandy und Jay zuvor die Zeichen vom Sarg notiert hatten, in die Hosentasche. Neugierig blickte er in die Öffnung. »Das sagt mir, dass wir auf dem richtigen Weg sind! Ich weiß nicht, ob euch bekannt ist, dass der Überlieferung nach die Sphinx ein Tor bewacht. Wer hindurchwill, muss ein von ihr gestelltes Rätsel lösen. Gelingt das, darf man passieren. Doch wer es nicht schafft, wird getötet!«

»Ich finde das keine sehr angenehmen Aussichten«, sagte Peter. »Wieso sind wir dann auf einem guten Weg?«

»Nun«, erläuterte Justus, »wie ihr vielleicht bemerkt habt, befinden wir uns in einem Raum ohne Ausgang. Eine Sphinx bewacht ein Tor. Also nehme ich an, dass der Ausgang aus FÜNF der Boden des Sargs ist. Wir müssen nur noch die entsprechenden Rätsel lösen, damit uns die Sphinx hindurchlässt! In gewisser Weise gilt das ohnehin für die Situation, in der wir uns befinden: Wenn wir die Rätsel nicht lösen, könnten wir sterben!«

»So ein Quatsch!«, rief Jay. »Eine eingemeißelte Katze soll uns aufhalten? Du redest doch Blödsinn! Wir schlagen den Boden einfach auf!«

»Nein, das tun wir nicht. Damit zerstören wir möglicherweise den Mechanismus und sind gefangen. Gewalt wird uns nicht helfen. Aber wir wollten ja *gemeinsam* handeln. Also stimmen wir ab. Wer von den Anwesenden ist für die Brechstange?«

Nur Jay hob die Hand.

»Danke«, sagte Justus. »Somit steht es eins zu vier. Dann fahren wir also mit den Rätseln fort.« Er wandte sich wieder den Hieroglyphen zu. »Peter, bitte schau die Bücher durch. Vielleicht helfen sie uns beim Entschlüsseln.«

»Ihr habt doch einen am Hirn!«, sagte Jay und zischte durch die Zähne. »Und du, Prinzessin, hat dich der Mumm verlassen?«

»Quatsch nicht!«, sagte Sandy. Sie zeigte ihm die kalte Schulter und wandte sich Peter zu, der bereits dabei war, die Bücher durchzublättern.

Bereits beim zweiten Exemplar wurde er fündig. »Ich hab was!«, rief er. Aufgeregt wedelte er mit einer aufgeklappten Karte. »Das sind genau solche Zeichen, wie sie am Sarg stehen!«

Justus nahm ihm das Buch ab und verglich es mit dem, was auf dem Zettel stand. »Sehr gut, Peter«, lobte er. »Auf dieser

Tafel werden die Hieroglyphen bestimmten Buchstaben zugeordnet. Einer der Vögel ist ein M, ein anderer ein A … Ich suche alle Entsprechungen zusammen … Hier ist ein N … Das ergibt das Wort *Maschine*! Kollegen, ich denke, das ist ein Hinweis auf die Maschine im Sarg! Aber ein Zeichen bleibt übrig. Es sieht aus wie eine Art Irrgarten. Seht ihr irgendwo ein Labyrinth?«

»Hier«, rief Bob, »ist eins am Kopf einer Säule eingemeißelt. Aber dabei befindet sich auch kein Knopf oder Schalter, um diese Maschine auszuschalten.« Doch plötzlich hatte Bob eine Idee. Er steckte seinen Finger auf den Anfang des Labyrinths und fuhr mit ihm die Strecke zum Ausgang nach. Als er seinen Finger wieder herauszog, erstarb das Summen und die Grundplatte des Sargs stand still.

»Genial«, sagte Justus und besah sich das Labyrinth. »Es funktioniert wie ein Touchscreen!« Vor Begeisterung über dieses Rätsel vergaß er fast, in welch prekärer Situation sie sich befanden.

Doch schnell hatte er seine Konzentration wiedergefunden. Am Ausgang des Labyrinths befand sich das Bild einer Raupe. »Eine Raupe. Hmmm. Raupen verwandeln sich in Schmetterlinge. Man nennt das Metamorphose«, erläuterte Justus seinen Gedankengang. »Gestaltwandel. Fällt euch dazu etwas ein? Was gibt es noch, was seine Gestalt wandelt?« Er überlegte eine Weile und deutete dann plötzlich auf eins der im Raum verstreuten Stofftiere, auf dem eine Barbiepuppe saß. »Ein Stier, auf dem eine Göttinnenfigur reitet! Wie ihr vermutlich nicht ganz parat habt, hat sich der olympische Gott Zeus der Göttin Europa gezeigt, und zwar in der

Gestalt eines Stiers! Vielleicht finden wir noch mehr Tiere, die transformiert worden sind!«

Rasch sah er sich um. Eine Bärin, die er neben einem Strauß gelber Rosen entdeckte, war die Göttin Callisto, aus Eifersucht in das Raubtier verwandelt. Die Stoffkuh, die an die Wand gemalt war und dort hinter einer Säule hervorlugte, war Io, verwandelt von Zeus, um sie vor seiner Frau zu verbergen. Zu Fledermäusen wurden die Töchter der Minyaden, weil sie sich weigerten, ein ausuferndes Fest zu feiern. Und so fort. Viele dieser Geschichten kannte Justus, den Rest fand Bob in einem der Bücher. Und hinter allen stand ein Name: Ovid. Er hatte vor über zweitausend Jahren ein Buch über diese Verwandlungen geschrieben.

Aus den Anfangsbuchstaben einiger der Götter ergab sich ein Lösungswort: Zimmerecke. Es führte die drei ??? zu einer schlichten Holztonne, die in einer der Ecken des Raums platziert worden war. Doch sie war leer, und nichts Besonderes war an ihr zu entdecken. »Tonne, Tonne«, überlegte Justus, »es liegt mir auf der Zunge.«

»Diogenes«, sagte Sandy. »Ich kenne einen Stadtstreicher, der in Venice Beach in so einer Tonne übernachtet. Viele Leute nennen ihn Diogenes! Keine Ahnung, warum. Ich mag den Typen, hat immer einen guten Spruch auf den Lippen!«

»Diogenes!« Justus schlug sich mit der Hand auf die Stirn. »Der griechische Philosoph! Wie war noch sein berühmter Satz, als ein König vor ihn trat? *Geh mir aus der Sonne!*«

»Das sagt der Typ aus Venice Beach auch dauernd«, fügte Sandy hinzu.

Bob sah sich die Malerei auf der Wand an. »Die Sonne … die Sonne … warte, ja, hier!«, rief er und deutete mit dem Finger darauf. »Sie wirft ihre Strahlen auf eine Art Krieger, dessen Schatten wiederum auf eine Tierfigur fällt. Wie du es von Diogenes erzählt hast! Das passt doch!«
»Was für ein Tier ist das?«, fragte Justus.
»Sieht aus wie eine Katze. Also vielleicht die Sphinx! Da ist auch eine Sprechblase. Die Katze sagt: *Zähle die Buchstaben meines Alter Egos und addiere die des Meisters der Verwandlung, dann sei dir die Freiheit gewährt!*«
»Was ein Alter Ego ist, erläuterst du uns bestimmt noch, Justus?«, fragte Peter.
»Eine Art zweite Persönlichkeit«, sagte Sandy. »So wie Batman eigentlich Bruce Wayne ist.«
»Oder wie deine Spielidentität in einem Computerspiel«, ergänzte Bob.
Justus nickte. »Das sind durchaus mögliche Beispiele. Hier ist wohl gemeint, dass Diogenes das Alter Ego der abgebildeten Katze ist. Also acht Buchstaben. Und beim Meister der Metamorphosen handelt es sich um den Dichter *Ovid*. So muss es sein! Das ergibt zusammen zwölf Buchstaben.«
Justus spürte das Blut in seinen Adern pulsieren und rannte zum Sarg. Unterhalb der Sphinx waren vier mal vier quadratisch angeordnete fingergroße Löcher in den Boden eingebohrt. Das erste war dunkel eingefärbt, offenbar war hier der Anfang. Justus zählte ab, streckte seinen Zeigefinger aus und bohrte ihn in das zwölfte Loch. Er wollte es schon wiederholen, als plötzlich das Summen des Motors tiefer wurde. Alle fünf Personen im Raum beobachteten mit angehalte-

nem Atem, wie sich der Boden des Sarges wie eine Geheimtür langsam zurückzog. Durch die Bewegung wurde die Mumie an das Fußende gezogen, ruckelte und hopste dort auf und ab, bis sie schließlich in die frei gewordene Öffnung fiel. Sie landete auf einer Treppe, wurde über mehrere Stufen hinweg weitergeschleudert und verlor sich schließlich im Dunkeln.

Auf der ersten Stufe stand eingemeißelt das Wort STYX.

»Also dann, steigen wir hinab in das Reich der Toten«, sagte Justus.

Der Weg ins Totenreich

»Justus, du meinst, da geht es zur nächsten Kammer?«, fragte Peter und starrte in die dunkle Öffnung. Ein kühler Hauch drang ihm entgegen.

»Ich bin ziemlich sicher, dass wir dorthinunter steigen müssen«, antwortete Justus. »Einen anderen Ausgang haben wir nicht gefunden. Außerdem könnten wir meiner groben Berechnung nach das Erdgeschoss der Burg umrundet haben. Da ist es logisch, dass es oben oder eben unten weitergeht. Wenn es dir recht ist, kann ich gerne vorgehen.«

»Ja, es ist mir recht«, sagte Peter. »Ich kann mein letztes Streichholz opfern, dann siehst du besser!«

»Heb es auf! Wer weiß, wofür wir es noch brauchen können.«

»Seid ihr endlich fertig«, zischte Jay, »oder möchtet ihr noch einen Kaffee trinken?«

»Jay, haben Sie vielleicht ein Handy mit Leuchtfunktion dabei?«, fragte Justus.

»Nein, das liegt leider im Auto.«

»Na gut.« Justus stieg in den Sarg und hangelte sich auf die erste Stufe der Treppe. Peter nickte Jay zu, dann Sandy, bevor auch er hinabstieg. Als Letzter wagte sich Bob nach unten. Er war noch halb im Sarg, als sich die Bodenplatte bereits wieder in Bewegung setzte. Eilig ging der dritte Detektiv weiter. Über ihm schloss sich die Öffnung. Sie waren – mal wieder – im Dunkeln.

»So langsam gewöhne ich mich dran!«, rief Peter. »Zu viel Licht ist ja auch Luxus.«

»Sag mal, Jay«, sagte Sandy, »wie bist du eigentlich durch VIER gekommen?«
»Durch Kammer VIER?«, fragte Jay zurück. »Erstaunlich gut!«
»Hat dich der Geruch nicht gestört?«
»Geruch? Nein, sag mal, Prinzessin, warum willst du das alles wissen? Wir haben gerade andere Probleme!«
Da meldete sich Justus von unten: »Ich bin auf eine Tür gestoßen!«
So schnell es ging, schlossen die anderen zu ihm auf.
»Nur leider lässt sie sich nicht öffnen!«, sagte der Erste Detektiv. »An der Tür finde ich weder einen Drehknopf noch sonst irgendeine Einrichtung, womit man sie aufbekommen kann.«
»Lass mich mal ran«, sagte Jay. »Ich glaube, deine Stärke liegt eher im Reden als im Machen.« Unsanft drängte er Justus zur Seite. Doch sosehr er die Tür auch abtastete, er hatte keinen Erfolg. »Ich finde auch nichts«, musste Jay etwas ratlos zugeben.
Die Hoffnung der Gruppe verflog wieder und verwandelte sich rasch in das Gegenteil, als Bob noch einmal hochstieg und mitteilte, dass der obere Ausgang unverrückbar geschlossen war. Als der dritte Detektiv sich vor Augen rief, wie eng und dunkel es in diesem Gang war, überfiel es ihn wie eine schwarze Flut. Er konnte sich nicht dagegen wehren. Sie saßen fest, eingeschlossen wie in einem Sarg! Bobs Herz klopfte laut und schnell, und er fing an zu schwitzen. Wenn er die Arme nur ein wenig seitwärts streckte, spürte er schon die Wand! Die Luft schien knapp zu werden. Er woll-

te um sich schlagen und schreien. Doch dann übernahm sein Gehirn wieder das Kommando. Es zwang ihn zum ruhigen Atmen. Panik würde nicht helfen. Noch war nichts verloren. Bob hörte, wie Justus unten wieder die Initiative übernahm und sagte: »Peter, jetzt brauchen wir bitte dein letztes Streichholz. Vielleicht befindet sich eine Botschaft auf der Tür!« Bob holte noch ein paarmal tief Luft, dann stieg er zu den anderen hinunter.

Trotz der vor Nervosität zitternden Finger gelang es Peter, das Feuer anzubekommen. Im flackernden Licht scannten alle schnell die Tür ab. Sie war schwarz, massiv und mit Metallplatten verstärkt. Eine Botschaft war nicht zu entdecken. Das Streichholz wurde kürzer, das Licht zuckte noch ein paarmal, dann verlosch es.

Justus wollte schon einen enttäuschten Kommentar abgeben, als Bob sagte: »Ich habe etwas entdeckt!«

»Was hast du entdeckt?«

»Einen Schlitz. Wie ein Geldschlitz an einem Automaten. Gleich rechts neben der Tür.« Er trat näher und tastete die Wand ab, bis er den Schlitz fand. »Besitzen wir irgendwelche Münzen?«

»Alle draußen abgegeben«, sagte Peter. »Du weißt doch, der Metalldetektor.«

»Ich habe welche dabei«, meldete sich Jay. Er kramte in seinem Rucksack. Vorsichtig warf er eine Geldmünze ein, doch nichts geschah. Dann probierte er es mit anderen. Sie rutschten alle durch, bis er keine mehr hatte.

»Vielleicht stimmt der Durchmesser nicht«, sagte Justus aufgeregt. »Wisst ihr, was mir eingefallen ist? Auf der ersten

Treppenstufe war das Wort STYX eingemeißelt. Das ist der Fluss, den man auf dem Weg ins Totenreich überqueren muss. In der griechischen Mythologie zahlt man dem Fährmann als Lohn eine oder zwei wertvolle Münzen. Bestimmt haben die hier irgendwo eine Münze versteckt! Wir müssen sie nur finden, Kollegen!«

»Im Dunkeln?«, fragte Peter zweifelnd. »Das kann ewig dauern!«

»Wir sind doch zu fünft! Und hast du einen besseren Vorschlag?«

Da meldete sich Sandy zu Wort. »Ich habe eine schnellere Lösung!«

Bereits als sie es sagte, fiel es Peter wie Schuppen von den Augen. »Die Goldmünze, die unter den Schlangen im Sarg verborgen war! Ich habe sie ganz vergessen! Sag bloß, du hast sie dir eingesteckt!«

»Na, bei Gold können Frauen doch nicht widerstehen«, sagte Sandy mit einem unüberhörbaren Grinsen in ihrer Stimme.

»Ich verstehe gar nichts mehr«, sagte Justus. »Egal. Erklären könnt ihr mir das später. Mach schon, Sandy.«

»Wenn ihr mich vorbeilasst?« Sandy trat an die Wand, suchte in ihrer Tasche und wurde fündig. »Achtung, Leute«, sagte sie. Dann warf sie die Goldmünze ein.

Dieses Mal fiel das Geldstück nicht durch. Es rollte kurz, rastete ein und etwas klickte.

Justus zog an der Tür. Sie ließ sich öffnen!

»Manchmal haben wir mehr Glück als Verstand«, bemerkte Bob.

»Das kannst du laut sagen«, sagte Jay. »Mann, bin ich froh, wenn ich hier raus bin und euch Halbstarke nicht mehr an der Backe habe! Danke, Prinzessin, dass du mich gerettet hast! Wenn wir zurück am Meer sind, besuche ich dich in deinem Strandcafé und dann kriegst du ein ganzes Bündel Dollar für deine geopferte Goldmünze von mir!«
»Besitzen Sie da eine bestimmte Quelle?«, fragte Justus neugierig.
»Ich habe tatsächlich eine in Aussicht«, sagte Jay nach einer kurzen Pause. »Aber leider wird sie nicht für euch sprudeln. Also Sandy, halte dich lieber an mich!«
Alles andere hätte mich auch gewundert, dachte Justus und sie passierten die Tür zu Kammer SECHS. Noch zwei Räume, dann waren sie frei. Oder auch nicht.
Plötzlich flackerte die Beleuchtung auf.
Jay sah sich um und stieß einen enttäuschten Laut aus.
»Nicht ihr Thema?«, fragte Justus nach. »Oder ist Ihnen das zu kahl hier?«
»Nein. Doch … es ist nur …« Jay suchte kurz nach Worten. »Das hier ist wohl wieder eher was für euch!«
Justus runzelte die Stirn.

Unter Strom

Das war nicht die ganze Wahrheit, dachte der Erste Detektiv und sah sich ebenfalls um. Wieder waren sie auf ein fensterloses Zimmer gestoßen. Doch das war nicht sonderlich überraschend, da sie ja nun offenbar in den Keller der Burg gelangt waren. Wie in einem Keller sah es auch aus. Und zwar wie in einem Hobbykeller, wenn auch in einem ziemlich kahlen. Beleuchtet wurde er von einer einfachen Birne, die schmucklos von der Decke hing und ein kühles Licht verbreitete. Die Wände waren in einem verblichenen Braun gestrichen. Justus sah eine kleine Werkbank, die ihn an die auf dem Schrottplatz erinnerte, bestückt mit allen möglichen Drähten, elektronischen Bauteilen und einfachem Werkzeug. In einer Ecke stand ein altes Fahrrad, das auf ein Laufband montiert war, und neben einem Metallregal gab es einen Ventilator. Justus ging hinüber und stellte ihn ein. Es war drückend heiß hier drinnen. Der Ventilator sprang an und verwehte eine angenehme Brise.

»Wie am Strand, Sandy, oder?«

Sandy lachte, griff in ihre zusammengesteckten Haare und löste die Klammern. Sie schüttelte ihren Kopf und braune Locken fielen herab. Plötzlich war sie ein ganz anderer Typ.

»Wow!«, sagte Jay. »Aus der Prinzessin ist eine Königin geworden! Eine Strandschlosskönigin!«

»Ich bin immer noch dieselbe«, sagte Sandy kühl. »Und wenn du schon dauernd von meinem Café redest, was machst

du eigentlich so den lieben langen Tag? Das hast du uns noch gar nicht verraten!«
Die drei ??? merkten interessiert auf.
»Ich?« Er wischte sich durch die geföhnten Haare.
»Ja, du.«
»Ach, es ist mir ein bisschen … Ich bin Animateur!«
»Gästebetreuer? In einem Hotel?«
»In einem Strandclub. Spiele, Sport, Mädels.«
Genauso siehst du auch aus, dachte Justus.
»Genauso siehst du auch aus!«, sagte Sandy.
»Ist das als Kompliment zu verstehen?«, fragte Jay und grinste breit.
»Vielleicht?«
Nein, dachte Peter, das ist es nicht. Laut sagte er: »Können wir langsam anfangen? Wieso steht eigentlich das Fahrrad da? Und warum mit dem Lenker zur Wand?«
»Keine Ahnung«, sagte Bob. »Ich kümmere mich mal um das Buchregal. Da stehen Reparaturhandbücher drin.«
Justus nickte und entschied sich für die Werkbank, die ihn eh interessierte, während Sandy vor den Ventilator trat und sich den Wind durch die Haare wehen ließ.
Jay trieb sich unterdessen im Raum herum. »Ich fürchte, wir haben ein Problem«, meldete er sich kurze Zeit später zu Wort. Er stand vor dem Metallregal und deutete auf ein darin eingebautes Display. In rascher Folge liefen darauf Ziffern ab. »Eine digitale Uhr. Fast zehn Minuten haben wir schon verplempert! Wenn wir in 50 Minuten nicht fertig sind, wird die Ausgangstür dauerhaft verriegelt! Das steht hier auf einem kleinen Schild. Nicht gerade beru-

higend für Besucher, die noch vollkommen im Dunkeln tappen.«

Justus' Blick fiel auf Jays Rucksack, den der an das Regal gelehnt hatte. Vielleicht die beste Gelegenheit, ihn näher zu untersuchen. Aber noch ging das nicht. »Das muss ich mir ansehen«, sagte er und ließ von der Werkbank ab.

»Hier gibt es noch mehr zu lesen!«, sagte Jay. »*Es existiert eine Möglichkeit für euch, die Zeit zu verlangsamen. Ihr müsst sie nur finden!*«

»Die Zeit verlangsamen?« Neugierig trat Justus näher und betrachtete das Display. »Ich habe den Eindruck, dass die Sekunden viel zu schnell ablaufen! Wir sind doch bestimmt noch keine zehn Minuten hier drin!«

Jay sah sich um. »Vielleicht gibt es eine andere Uhr oder irgendwas, das man zurückdrehen kann.«

Dass die Zeit so schnell verging, alarmierte Justus. War das Absicht? Oder lief hier etwas schief?

Er hörte ein schleifendes Geräusch und drehte sich um. Peter war auf das Fahrrad gestiegen und trat in die Pedale. Da es auf ein Laufband montiert war, konnte er richtig Geschwindigkeit machen.

»Ganz schön behäbig, die Kiste!«, sagte Peter und stoppte. »Wahrscheinlich sollen wir uns so unseren Frust abreagieren!«

Sandy hatte die ganze Zeit über auf die Uhr gestarrt. »Ich habe den Eindruck, dass sie eben langsamer lief«, sagte sie. »Gib noch mal Gas, Peter!«

Der Zweite Detektiv trat wieder an und steigerte den Einsatz.

Sandys Gesichtsausdruck hellte sich auf. »Tatsächlich. Die Sekunden verrinnen nicht mehr so schnell! Klasse, Peter!«
»Wenn … dann …« Justus schlussfolgerte sofort. Er deutete auf den Ventilator und stellte ihn ab. Augenblicklich lief die Zeit nur noch wie in Zeitlupe herunter.
»Energie«, sagte Justus. »Wenn wir Energie verbrauchen wie durch den Ventilator, verlieren wir Zeit. Wenn wir welche hinzufügen, gewinnen wir sie. Wir müssen also die ganze Zeit Fahrrad fahren und hier drin möglichst wenig Strom verbrauchen. Jay, ich schlage vor, Sie lösen Peter jetzt mal auf dem Fahrrad ab.«
Jay machte keine Anstalten zu folgen. »Das macht Peter doch gut«, sagte er. »Warum –«
»Ja, Jay, zeig mir mal, was du kannst«, sagte Sandy und lächelte ihm zu.
Jay holte Luft. »Okay«, murmelte er.
Allzu gerne überließ Peter ihm den Fahrradsitz. Jay bestieg den Sattel und legte los.
Währenddessen studierte Justus das Display. »Schneller!«, rief er. »Die Sekunden stoppen schon fast!«
Jay trat, so fest er konnte.
»Sehr gut!«, rief Justus. »Sie können die Zeit sogar zurückdrehen! Weiter so. Das gibt uns Luft!«
»Aber lange halte ich das nicht durch in dem Tempo!«
»Geben Sie einfach Ihr Bestes. In fünf Minuten löst Sie jemand ab!«
Erleichtert atmete Justus aus. Nun konnten sie ihre Situation einigermaßen kontrollieren. Und Jay war beschäftigt! Der Animateur saß tief über den Lenker gebeugt, starrte an

die Wand und bediente die Pedale in einem Tempo, wie es einem Fitnesstrainer geziemte.
Justus nickte Peter zu und sah auf den Rucksack.
Peter verstand. »Komm, Sandy, kümmern wir uns mal um die Werkbank. Vielleicht finden wir da Hinweise, die Justus übersehen hat!«
Auch Bob war klar, was Justus vorhatte, und stellte sich vor seinen Freund, falls sich Jay umdrehen würde. Justus bückte sich. Jays Rucksack hatte mehrere Fächer.
Langsam zog er am größten Reißverschluss.
Bob fixierte Jay.
Justus' Hand glitt ins Innere und bekam etwas Weiches zu fassen. Vermutlich ein Sweatshirt. Er suchte weiter. Etwas Kühles, Metallenes. Das mussten die beiden Dosen Bier sein, die Jay erwähnt hatte. Sonst war da nichts mehr. Also die vordere Tasche.
»Was macht der Strom?«, rief Jay, ohne sich umzudrehen.
»Super«, antwortete Bob. »Die Zeit steht fast still. Weiter so, Jay!«
Justus zog den vorderen Reißverschluss auf. Gleich oben steckte eine Geldbörse. Hastig nahm er sie heraus und klappte sie auf. Kreditkarte, Geld, Zettel und Quittungen von einem Hotel in Las Vegas. Und ein Führerschein. Justus stutzte. Der Name! Jay Oliver – das war falsch! Justus konnte es kaum glauben. Der Kerl hieß –
In dem Moment drehte sich Sandy um. »Also hier ist …«, fing sie an, doch dann riss sie überrascht die Augen auf, als sie entdeckte, was Justus gerade trieb.
Erschrocken klappte Justus den Geldbeutel zusammen und

drückte ihn zurück in den Rucksack, als könnte er seine Aktion dadurch ungeschehen machen. Ihm stockte der Atem. Jetzt war er aufgeflogen. Der Kerl würde ausflippen!
Sandy blickte Justus einen Moment lang an, dann drehte sie sich zurück zu Peter. »Hier ist leider nur ganz feines Werkzeug«, sagte sie ausdruckslos, »eher so für elektronische Sachen. Zum Aufbrechen der Türen wird es nicht reichen.«
Erstaunt atmete Justus aus. Sandy war wirklich eine Wundertüte. Er wandte sich wieder dem Gepäckstück zu und wühlte – ohne Jay aus den Augen zu lassen – weiter darin herum. Ganz unten am Boden schien ein geheimes Fach zu sein, dort steckte etwas Schweres, Festes. Eine Pistole, schoss es Justus durch den Kopf.
»Achtung«, zischte Bob.
Sofort ließ Justus von dem Gepäck ab und schnellte hoch.
Jay hatte sich umgedreht. »Was tut ihr da?«
»Ich schiebe nur Ihre Tasche aus dem Weg, Jay! Darf ich? Wir müssen jetzt das untere Fach des Regals untersuchen!«
»An meinen Rucksack geht ihr nicht ran! Sonst mache ich Hackfleisch aus euch! Hast du verstanden?«
»Würden wir nie wagen!«, log Justus. »Und bitte, Jay: Wir stehlen nicht! Warum auch, wir haben wirklich ganz andere Probleme!«
Jay schien es zu glauben und drehte sich wieder nach vorne.
»Peter, lös mich mal auf dem Fahrrad ab!«
»Klar«, sagte Peter. Er zwinkerte Justus zu. Das war gerade noch mal gut gegangen. Aber warum blickte ihn Justus so seltsam an?
»Warte bitte noch einen Moment, Peter«, sagte Justus.

»Warum warten?«, rief Jay misstrauisch. »Wenn ich mich ausgeruht habe, übernehme ich wieder! Ist mir schon bewusst, dass ich hier der Fitteste von allen bin! Aber du kannst gerne auch mal, Dicker.«

»So schlecht bin ich im Fahrradfahren gar nicht«, erwiderte Justus. »Aber dennoch liegen meine Stärken nicht im körperlichen Bereich. Ich hätte noch eine Frage. In welchem Hotel arbeiten Sie eigentlich?«

»Im *Beach Paradise*«, kam es nach kurzem Zögern.

»Seit wann?«

»Sag mal, ist das jetzt wichtig?«

»Mir ist es sehr wichtig!«

»Seit ein paar Monaten.«

»Zufällig kenne ich dieses Hotel ziemlich gut«, sagte Justus. »Da arbeiten eine Menge Leute. Auch mehrere Animateure. Aber Sie, Mister Oliver, Sie sind leider nicht darunter!«

Die Zeit läuft ab

»Natürlich arbeite ich im *Paradise*!«, rief Jay aufgebracht. »Wieso sollte ich nicht?« Er trat so erregt auf die Pedalen, dass die Zeit auf dem Display rückwärtslief.
Aber nicht nur Jay war überrascht. Auch Peter und Bob starrten Justus verblüfft an. Dass der Erste Detektiv dieses Hotel so gut kannte, musste ihnen irgendwie entgangen sein.
»Surfen Sie auch?«, fragte Justus.
»Natürlich surfe ich«, antwortete Jay. »Schließlich bin ich Animateur!«
»Vielleicht surfen Sie sogar ständig! Vielleicht arbeiten Sie gar nicht in diesem Hotel. Vielleicht leiten Sie in Wirklichkeit irgendwo in dessen Nähe … eine Surfschule!«
»Was willst du damit sagen?« Jay hörte abrupt auf zu treten und stieg vom Fahrrad ab. Mit zusammengekniffenen Augen stierte er Justus an. »Und was willst du von mir? Los, rede schon!« Drohend schritt er auf Justus zu.
»Langsam, Jay«, sagte Sandy, ging neben ihn und legte eine Hand auf seine Schulter. »Langsam.«
»Halt du dich da raus«, zischte Jay und hielt sie sich mit einer heftigen Bewegung vom Leib. »Der Kerl war an meinem Rucksack!«
»Mister, wir können das alles klären«, sagte Justus ruhig. »Es gibt keinen Grund für Sie, sich aufzuregen. Wir sitzen in einem Boot, gemeinsam in dieser Rätselfalle. Ich möchte nur, dass wir mit offenen Karten spielen. Umso leichter kommen wir hier heraus.« Justus stoppte und entschloss sich

angesichts der heiklen Lage zu einer kleinen Notlüge. »Als ich Ihren Rucksack zur Seite räumen wollte, ist in der Tat Ihr Geldbeutel herausgerutscht. Da ist mein Blick auf Ihren Führerschein gefallen. Sie sind nicht Jay Oliver. Ihr wirklicher Name ist Bruce. Bruce Torino!«

Für einen Moment herrschte Schweigen. Wenn das mal keine Nachricht war! Bruce Torino. Jeffs Wettpartner.

»Na und?«, fragte Bruce. »Ich behalte meinen Namen gern für mich. Ich habe meine Gründe.« Er dachte kurz nach, dann fügte er hinzu: »Und woher weißt du, dass ich eine Surfschule leite? Steht das vielleicht auch in meinem Führerschein?«

»Nein, natürlich nicht«, erklärte Justus. »Das hat Jeff Ranaldo uns alles erzählt!«

»Ihr kennt Jeff?«, rief Bruce Torino verblüfft aus.

»Aber ja«, sagte Justus. »Jeff hat uns sogar in seinen Campingwagen eingeladen. Natürlich kennen wir ihn. Aber nun wird mir alles klar. Auch Sie sind wegen der Wette hier!«

»Was für eine Wette? Ich weiß nichts von einer Wette!«

»Nun streiten Sie doch nicht immer alles ab!«, rief Justus. »Es ist ohnehin sinnlos, da Sie längst aufgeflogen sind! Jeff hat uns berichtet, dass Sie und er mit Mr Sardovski diese Wette abgeschlossen haben. Wessen Team am schnellsten alle Rätsel im *NO-EXIT* löst. Ihres oder seines. Wir haben sogar die Vereinbarung gesehen. Daher kannte ich auch Ihren Nachnamen. Und deswegen sind Sie doch hier, oder?«

Torino verzog das Gesicht. Das hatte offenbar gesessen.

Sandy hatte die ganze Zeit über wortlos daneben gestanden. Doch man sah ihr deutlich an, dass sich in ihrem Inneren etwas zusammenbraute. »Du Miststück!«, platzte es nun aus ihr heraus. »Du wolltest uns hereinlegen, oder? Du traust deinen beiden Superkandidaten nicht? Da hast du dir gedacht, du checkst schon mal die Rätsel, bevor ich mit deinen zwei blöden Lehrern losziehe und mich dann wundere, warum die so schnell hier durchkommen! Das ist Betrug, du Föhnfrisur, platter Betrug!«

»Aber, meine Königin …«, begann Torino, »beruhige dich doch, das mag zwar …« Er suchte nach Worten, doch Justus unterbrach ihn. Ihm war noch etwas anderes aufgefallen.

»Sandy«, sagte er mit einem ernsten Blick auf die Frau, die sich so wütend vor Torino aufgebaut hatte, »was spielst du dabei eigentlich für eine Rolle? Bisher war ich davon ausgegangen, dass Jeff und Torino dich beide für diesen Job als Schiedsrichterin eingestellt hätten. So hast du es uns wenigstens berichtet! Da hättest du *Jay* doch sofort enttarnen müssen!«

»Hätte … hätte«, sagte Sandy. »Ganz so, wie ich es sagte, war es nicht. Jeff hat mit Bruce gesprochen, ihm von mir erzählt, und Torino hat gesagt, dass das schon okay geht, weil ihm niemand Besseres einfallen würde. Gesehen habe ich Bruce nie. Bruce, so war es doch, oder? Du hast Jeffs Urteil einfach vertraut!«

»Ja, du sagst es«, antwortete Torino. »Jeff ist mein Freund.«

»Also geben Sie es zu?«, fragte Justus. »Sie wollten uns betrügen und sich selbst bei der Wette bevorteilen?«

»Na ja, ich wollte die Wette halt unbedingt gewinnen«, sagte Torino.

»Und da hintergehen Sie Ihren Freund?«

»Nun, wenn du das so –«

»Was tut man nicht alles für eine neue Surfschule«, kommentierte Peter kopfschüttelnd.
»Neue Surfschule«, wiederholte Bruce. »Ja. Meine Bude ist in der Tat ein wenig heruntergekommen. Das würdet ihr auch so sehen, wenn ihr mal vorbeikämt. So viel Geld verdient man damit nicht. Zumindest nicht, wenn man ordentlich Konkurrenz am Strand hat.«
»Aber das rechtfertigt doch nicht Ihr hinterhältiges Verhalten!«, rief Justus empört aus.
Torino holte Luft und sah zur Seite. »Da hast du natürlich recht«, gab er zu und blickte Sandy mit einem Hundeblick an, dass es Peter fast hochkam. »Und du bist tatsächlich eine so hübsche Schiedsrichterin, wie Jeff erzählt hat. – Und ihr seid wirklich clever!« Plötzlich wirkte er erstaunlich ruhig, fast heiter. Als hätte ihn das Geständnis erleichtert. »Meine beiden Kandidaten, die Lehrer, sind auch ziemlich fit. Sehr fit sogar. Aber ich wollte ganz auf Nummer sicher gehen.« Er grinste breit. »Trau nie einem Lehrer!«
»Trau nie einem *Surf*lehrer«, korrigierte Sandy.
Justus überlegte schon weiter. »Dann fasse ich mal zusammen: Heute Morgen sind Sie hergekommen und haben Rod Norman, den Betreiber, bedroht. Sie wollten ihn zwingen, mit Ihnen durch diese Räume zu gehen und Ihnen die Lösungen der Rätsel zu verraten! Nebenbei bemerkt: Mr Norman ist gar kein Schwarzer, stimmt's? Die üble Beleidigung hat nie stattgefunden? Das war auch nur wieder so eine dumme Lüge!«
»Unsere Zeit läuft ab«, sagte Torino statt einer Antwort. »Peter, kannst du mal auf das Fahrrad steigen?«

Justus nickte Peter zu, der sich auf das Fahrrad setzte und lostrat. Die Sekunden vergingen wieder langsamer.
»Du bist einfach unglaublich scharfsinnig, Justus«, sagte Torino. »Ich habe mir die Beleidigung vorhin schnell ausgedacht. Aber so einfach, wie ich mir das vorgestellt hatte, lief es mit Norman leider nicht. Der Betreiber sollte mich doch nur durch die Räume bringen! Stattdessen hat mich der Kerl überrumpelt, in die Toilette gedrückt und eingesperrt! Warum er dann verschwunden ist, kann ich euch jedoch auch nicht sagen.«
»Warum wollten Sie eigentlich nur den zweiten Teil der Rätselräume sehen?«
»Die ersten, die … kannte ich schon.«
»Unfassbar«, sagte Bob.
»Diese ganzen *Heute-geschlossen*-Schilder stammen folglich von Ihnen?«, fragte Peter atemlos vom Rad aus.
Torino bejahte. »Ich wollte bei meiner kleinen Recherche nicht gestört werden, das könnt ihr euch doch denken!«
»Wie sind Sie eigentlich in die Rätselburg gelangt?«, fragte Justus.
»Ich bin mit dem Motorrad da.«
Justus nickte nachdenklich. Hatte Bruce vorhin nicht ein Auto erwähnt? »Und wo steht das? Auf dem Parkplatz jedenfalls nicht!«
»Ich habe es im Wald gelassen und mich dann angeschlichen«, sagte Torino. »Das war nicht so auffällig. So, jetzt wisst ihr zwar alles, aber das hilft uns keinen Deut weiter. Wir müssen hier langsam rauskommen, sonst bleibt eure schöne kleine Wahrheit für immer verborgen!«

Da war was dran. Schweigend machten sich alle wieder an die Arbeit. Peter und Torino lösten sich gegenseitig auf dem Fahrrad ab. So konnten sie die verbleibende Zeit einigermaßen bei zwanzig Minuten halten.
Bruce ist ein Mistkerl und hat bestimmt noch nicht alles erzählt, schoss es Justus durch den Kopf. Warum war Rod Norman abgehauen und warum meldete McBrandy sich nicht? Fragen über Fragen. Doch der Erste Detektiv hielt sich mit diesen Gedanken nicht weiter auf. Bruce hatte recht: Sie mussten erst einmal raus hier!
Er widmete sich der Tür, die in den nächsten Raum führte. Dass sie durch ein Display mit Codeeingabe gesichert war, hatte er schon von Weitem gesehen und auch das alte Telefon direkt daneben längst entdeckt. Nun ging Justus hin und hob den Hörer ab. Nichts. Er drehte an der Scheibe und gab ein paar Ziffern ein. Umso überraschter war er, als er plötzlich eine Stimme hörte. *»Willkommen! Der Code lautet 45821. Willkommen! Der Code lautet 45821. Willkommen …«* Justus unterbrach die Leitung und wollte schon die Ziffern in das Display eingeben, als sein Blick auf ein kleines Schild fiel. *Du hast nur zwei Versuche.*
Diese Bosheit kannten sie schon aus Kammer EINS. Er ließ von dem Display ab, überlegte kurz und wählte wahllos eine andere Telefonnummer. *»Der Code lautet 25923«,* sagte die Stimme nun. Er wählte eine beliebige dritte. *»78783«,* war jetzt die Anweisung.
So war das also. Das Telefon gab auf jede Eingabe irgendeine Antwort. Nur wusste man nicht, welche die richtige war. Enttäuscht hängte Justus ein.

»Hast du was herausbekommen?«, rief Peter hechelnd vom Fahrrad. »Ich kann gleich nicht mehr!«
»Dann soll Bruce dich wieder ablösen! Bei dem Telefon verhält es sich so, dass wir erst die richtige Rufnummer finden müssen, um den gültigen Code zu erhalten.«
Und es dauerte noch eine ganze Weile, bis Justus auf deren Spur kam. Letztendlich brachte Peter ihn darauf.
»Wenn man auf dem Fahrrad sitzt, muss man dauernd an die Wand starren!«, sagte der Zweite Detektiv. »Dabei ist mir etwas aufgefallen. Ich weiß nicht, ob es wichtig ist. Die Fahrradlampe vorne sitzt schief.«
»Was hat das denn mit der Telefonnummer zu tun?«
»Eigentlich nichts. Aber so, wie sie eingestellt ist, würde die Lampe direkt auf einen weißen Streifen leuchten. Drum herum ist die Wand braun. Wie überall in dem Zimmer.«
»Ist die Lampe eingeschaltet, Peter?«
»Bist du verrückt? Das kostet ja noch mehr Kraft!«
»Das Fahrrad hat keinen Dynamo! Die Lampe wird garantiert mit Batterie betrieben!«
Justus lief zu Bruce, der sich gerade auf dem Rad abmühte, und schaltete die Lampe ein. Sie flammte bläulich auf.
»Was soll das?«, fragte Bruce.
»Weiterradeln«, befahl Justus und sagte zu Peter: »Versuche bitte, die Deckenlampe auszubekommen!«
»Hier gibt es keinen Schalter. Die funktioniert mit Bewegungsmelder! Und Anfassen ist zu gefährlich!«
»Dann decke sie irgendwie ab!«
Peter sah sich um und stöberte schließlich einen Abfallkorb aus Plastik auf, den er geeignet fand. Er zog einen Stuhl un-

ter die Lampe und kletterte hinauf. Als er mit dem Korb die Lampe verhüllte, wurde es schlagartig dunkler im Raum. Und gleichzeitig wurde an der weißen Stelle der Wand eine wie von Zauberhand verfasste Schrift lesbar: *Ein Radio hilft euch weiter!*

»Schwarzlichteffekt«, erklärte Justus. »Die Lampe strahlt mit UV-Licht, das in der Dunkelheit weiße Farben zum Leuchten bringt. Ich erspare euch nähere Erläuterungen.«

»So wie auf Partys oder in Diskotheken?«, fragte Peter.

»Ganz genau.«

»Jedenfalls brauchen wir ein Radio«, sagte Bob. »Aber ich fürchte, hier ist keins.«

»Dann müssen wir eben eins bauen!«, erwiderte Justus.

Justus experimentiert

Jetzt war auch klar, wozu das Werkzeug und die Bauteile da waren. Sie sollten aus den Elektronikteilen ein Radio basteln. Natürlich konnten die Betreiber nicht voraussetzen, dass jeder wusste, wie das ging. Für diesen Fall hatten sie ein Buch ins Regal gestellt. Doch Justus brauchte es nicht. Es war nicht das erste Radio, das er zusammensetzte.

»Kondensator, Widerstände, Umschalter«, murmelte er, während er sich die Dinge auf der Werkbank zusammensuchte, »alles da. NPN-Transistor, ein kleiner Lautsprecher, und das da nehmen wir als Grundplatte …«

»Hier ist auch ein FM-Modul«, sagte Sandy, die die Schubladen untersuchte. »Und ein OP-Verstärker!«

»Du kennst dich aus?«, fragte Justus erstaunt.

»Klar!«, sagte sie. »Das habe ich meinem kleinen Bruder beigebracht!«

Im Folgenden assistierte sie Justus und stellte sich dabei erstaunlich geschickt an.

Währenddessen wechselten sich Bob, Peter und Bruce auf dem Fahrrad ab. Immer intensiver roch es nach Schweiß. Eine Umkleidekabine nach dem Sportunterricht war nichts dagegen. Dazu war es hier auch noch stickig heiß.

Ab und zu blickte jemand, der Pause machte, Justus über die Schulter. »Das nervt«, sagte der Erste Detektiv schließlich.

»Durst«, sagte Peter und wich nicht von der Stelle. »Ich habe Durst! Ich trete die ganze Zeit über wie ein Blöder auf dem Fahrrad herum. Und kühl ist es hier auch nicht gerade!«

»Wir sollten unsere Vorräte nicht verbrauchen«, antwortete Justus und suchte einen passenden Widerstand für seine Schaltung heraus.
»Du hast gut reden«, sagte der Zweite Detektiv und wischte sich den Schweiß ab, »ich bin fix und fertig!«
Bob saß auf dem Rad und pflichtete Peter bei. »Es ist wirklich ein Höllenjob, Justus!«
»Will jemand ein Bier?«, fragte Bruce. Er machte sich an seinem Rucksack zu schaffen.
Justus stöhnte auf. »Mr Torino! Ich meine es ernst! Wir wissen nicht, wie lange wir hier noch gefangen sein werden!«
»Willst du mir etwa mein Bier verbieten?«, fragte der Surflehrer.
»Am liebsten schon!«
Es knackte, zischte, dann hörte Justus die Schlucke glucksen.
»Aaah«, sagte Bruce. »Auch einen Schluck?«
»Wir trinken keinen Alkohol.«
»Umso besser.« Wieder gluckste es. »Und du, Königin?«
»Nein, danke! Peter, in meiner Tasche ist eine Wasserflasche. Aber bitte nur wenig. Justus hat ja leider recht.«
»Danke, Sandy, das ist sehr nett.«
»Wenige kleine Mengen, Zweiter«, sagte Justus, »das Wasser im Mund spülen, erst dann schlucken. So ist es am effektivsten und auch am effizientesten.«
»Danke für den Tipp, Just, aber das wusste ich bereits. Möchtest du auch was?«
»Nein!« Justus beschloss, jetzt erst recht keinen einzigen Tropfen zu trinken, solange es nicht unbedingt notwendig

war. Er wandte sich wieder dem Radio zu. Sandy hatte ein Bauteil angelötet und sie waren kurz vor der Fertigstellung. Im Grunde fehlte nun nur noch eine Batterie.

»Wo bekommen wir die jetzt her?«, fragte Sandy.

Längst hatte Justus darüber nachgedacht. »Bestimmt passt die von der Fahrradlampe! Wie liegen wir in der Zeit?«

»Noch knapp zehn Minuten«, sagte Bob. »Unsere Kräfte lassen langsam nach und die Uhr holt sich ihre Zeit zurück!«

»Das sollte trotzdem reichen!« Justus lief zum Fahrrad und drückte die Vorderradlampe aus der Halterung. Tatsächlich besaß sie ein Batteriefach. Mit einem Griff schüttelte er die Batterie heraus, klemmte sie ab und stellte zufrieden fest, dass er damit hinkommen würde. Gemeinsam mit Sandy schloss er die Stromquelle an seine Radioschaltung an.

»Jetzt müsst ihr leise sein«, sage er. »Bob, hör bitte kurz auf zu treten.«

»Nichts lieber als das.«

Aus dem Lautsprecher rauschte es unüberhörbar.

»Wie soll denn in diesen tiefen Keller ein UKW-Sender reinkommen?«, fragte Peter.

»Es gibt Minisender«, antwortete Justus, »die sind so schwach, dass ihre Reichweite gerade mal für das eigene Grundstück ausreicht. Solch einen Sender kannst du in deiner Wohnung installieren. Ich hoffe, Mr Norman hat ihn aktiviert. Andernfalls sind wir aufgeschmissen!«

Er drehte am Tuner. Nach einer Weile schälte sich aus dem Rauschen eine schwache Stimme heraus. Es klang wie die Durchsage in U-Bahn-Zügen: *»Bitte wählen Sie folgende Nummer: 3372. Bitte wählen Sie folgende Nummer: 3372 …«*

Justus schaltete das Radio ab. »Wir haben es geschafft«, sagte er erleichtert. »3372. Ich werde jetzt zu dem Telefon gehen und diese Nummer wählen. So werden wir den richtigen Code für die Tür bekommen. Wie viel Zeit habe ich noch dazu?«
»Fünf Minuten«, sagte Bruce. »Aber schneller wäre mir lieber. Die Luft ist ja kaum einzuatmen hier.«
Mit ernster Miene hob Justus den Telefonhörer ab. Alle anderen schnappten sich ihr Gepäck und stellten sich um ihn herum, um mitzuhören. Justus wählte. Drei – drei – sieben – zwei. Nach kurzem Warten hörte man die Stimme sagen: *»Willkommen! Der Code lautet 67761. Willkommen! Der Code lautet 67761 …«*
Justus unterbrach die Leitung und wandte sich dem Display zu. »Wenn es nicht klappt, haben wir immer noch eine weitere Chance.« Konzentriert tippte er die Ziffern ein. Doch es klickte schon jetzt. Justus zog an der Tür. Sie ließ sich öffnen. Erleichtert sahen sich alle an. Auch die sechste von sieben Kammern hatten sie geschafft! Was würde sie in der letzten, in Kammer SIEBEN, erwarten?
Bruce versuchte, sich an Justus vorbeizudrängeln. Doch der Erste Detektiv machte sich breiter, als er ohnehin schon war, und ging voran.
Wie gewohnt lag der neue Raum zunächst im Dunkeln. Erst als Bob die Tür hinter ihnen allen zugestoßen hatte, glimmte ein Licht auf. Genauer gesagt war es eher ein schummriges, unregelmäßiges Leuchten, das in verschiedenen Winkeln des Raumes aufglühte und alles in einen dämmrigen, blutroten Schimmer eintauchte. Aus dem Dunkel traten Fratzen

von Trollen und Gespenstern hervor und aus finsteren Masken starrten flackernde Augen die Ankömmlinge an. Besonders widerlich erschien Peter ein toter Schafskopf, der ihn mit blutroten Augen anzustarren schien. In der Luft lag ein unangenehmer Geruch nach Moder und Fäulnis.

Selbst Justus schluckte. »Das ist was für dich, Peter«, murmelte er und seine Augen suchten Bruce. Beim Eintritt in SECHS hatte er so seltsam gewirkt, wie würde er hier reagieren?

Und wirklich schien Bruce wieder extrem angespannt, das spürte Justus selbst in dem Dämmerlicht. Alle Selbstsicherheit war von ihm abgefallen. Er murmelte etwas Unverständliches und sein Blick irrte durch den Raum, bis er plötzlich an einem Gegenstand hängen blieb. Sah Justus richtig? Bruce zitterte am ganzen Körper!

Der Erste Detektiv folgte seiner Blickrichtung. War es die Riesenspinne, die an einem zersprungenen Spiegel klebte, die die Aufmerksamkeit von Bruce so sehr beanspruchte? Doch direkt daneben hing noch etwas anderes an der Wand.

»Die Kuckucksuhr mit dem Totenkopf«, murmelte Justus überrascht. Im selben Moment war ihm klar: Er hatte sie schon einmal gesehen!

Und da war noch eine Botschaft in Justus' Gehirn, die dort gelagert hatte wie ein winziges Samenkorn, das auf Wasser wartete, um aufzugehen. Jetzt war es so weit. »Die Kuckucksuhr kenne ich von unserem Schrottplatz aus Rocky Beach«, sagte Justus leise zu sich. »Sie kann erst vor ein paar Tagen verkauft worden sein.«

Bruce setzte sich in Bewegung, doch Justus stand näher an

dem Objekt. Mit wenigen Schritten war er da und baute sich vor der Uhr auf. »Warten Sie, Torino! *Ich* möchte die Kuckucksuhr untersuchen!«

»Halt!« Urplötzlich hatte Bruce einen Revolver in der Hand. »Fass sie nicht an!«

Das Tier mit den roten Augen

Justus wich keinen Zentimeter von der Kuckucksuhr weg. »Was soll das, Bruce?«, fragte er. »Wenn Sie hier etwas stehlen wollen, müssen Sie erst einmal hinauskommen. Und das geht nur mit uns!«
»Ihr werdet mir schon helfen!«, zischte Bruce. »Schließlich wollt ihr ja auch nicht in diesem Bau verrecken!«
Jetzt schaltete sich Sandy ein. »Bruce«, sagte sie mit einer Samtstimme, die Justus ihr nie zugetraut hätte, »steck die Waffe weg. Bitte!«
»Ach, Mädel, du bist doch eh auf deren Seite!«
»Bruce«, sagte sie, »du hast mich zum Essen eingeladen! Schon vergessen?«
Doch Bruce sah sie nicht einmal an. »Sandy, Mädchen wie dich gibt es wie Sand am Meer!«
»Du bist so ein Idiot!«, rief sie. »Nun pack endlich das bescheuerte Ding ein!«
Bruce schüttelte den Kopf und bewegte den Revolver zwischen Sandy und Justus hin und her. »Gar nichts werde ich. Lass mich an die Uhr, Dicker!«
»Ja, ja, ja«, sagte Justus. Ein ganzes Bündel von Schlussfolgerungen jagte durch seinen Kopf. Wasserdichte Beweise gab es noch keine. Aber Indizien. Wenn man sie zusammensetzte, ergaben sie eine Spekulation. Noch keine fundierte Geschichte, leider. Aber ein ungefähres, nebliges Bild, in das man ruhig mal etwas Farbe bringen konnte!
»Stimmt das überhaupt mit Ihrer Wette?«, fragte Justus scharf.

»Wie bitte? Natürlich! Du hast es doch selbst herausgefunden!«
»Das schon.« Justus versuchte, das entscheidende Gespräch mit Bruce im Schnelldurchlauf durchzugehen. Sie hatten es nicht sehr geschickt angestellt. Oder vielmehr er, der Erste Detektiv. Er hatte zu viel doziert. Zu viele Informationen preisgegeben. Er war sich seiner Sache einfach zu sicher gewesen.
Bob war bereits auf die Fährte aufgesprungen. »Genau genommen haben wir Ihnen die ganze Story von der Wette auf dem Silbertablett serviert, Bruce! Von Ihnen kam dazu nichts. Möglicherweise gibt es diese Wette gar nicht!« Bob sah Bruce an, doch der hatte sein Pokergesicht aufgesetzt. »Sie haben nur ein ›Genau‹ dahinter gemacht und alles bestätigt. Weil Ihnen die Wettgeschichte zupasskam und von Ihrem eigentlichen Vorhaben ablenkte!«
Jetzt reagierte Bruce. »Und was für ein *Vorhaben* soll das sein?«
»Da müssen Sie wieder Justus fragen«, sagte Bob.
Bruce stöhnte auf.
»Es hat mit der Kuckucksuhr zu tun«, übernahm Justus. »Vor einigen Tagen befand sich die Uhr noch in einem Trödelladen in Rocky Beach.«
»Woher weißt du das?«
»Weil wir direkt daher kommen! Da wohne ich. Auf Titus Jonas' Gebrauchtwarencenter!«
Das musste Bruce erst einmal verkraften. Dann rief er: »Jeff hat euch auf dem Schrottplatz aufgegabelt? Und warum habe *ich* euch da nicht entdeckt?«

Justus grinste. Damit hatte sich Torino verraten. »Vermutlich, weil wir zu dem Zeitpunkt in der Schule waren«, sagte er. »Sie wurden von meiner Tante oder meinem Onkel bedient. Genau wie vermutlich Rod Norman, als er auf dem Schrottplatz vorbeischaute. Der Betreiber des *NO-EXIT* war anscheinend häufiger in Rocky Beach auf der Suche nach ungewöhnlichen Gegenständen für seine Rätselburg. Sie bestätigen also Ihren Besuch bei uns, Bruce?«
»Ich bin Sammler«, sagte Bruce matt. »Ich suche alte Kuckucksuhren. Norman ist mir einfach zuvorgekommen, weil sie mit dem Totenkopf gut in seine Rätselkammern passte!«
»Und nun wollten Sie die Uhr stehlen?« Justus konnte das nicht glauben. »Warum kauften Sie sie ihm nicht einfach ab? Und warum interessierte sich auch Jeff Ranaldo für die Uhr? Zwischen Ihnen gibt es eine Verbindung! Ihre Verblüffung war echt, als wir erzählten, dass wir ihn kennen!«
»Jeff … wir … sind Konkurrenten. Er ist ebenfalls Sammler. Er hat euch reingelegt mit dieser Wette. Alles gelogen, von vorne bis hinten. Der wollte auch nur an die Uhr!«
»Und warum über uns?« Auf diesem Weg kam Justus nicht weiter. »Kommen wir zu McBrandy«, sagte er. »Der ist doch bestimmt mit dem alten Chevrolet hier eingetroffen. In dessen Kofferraum eine Landkarte liegt, auf der unser Schrottplatz eingezeichnet ist. Lassen Sie mich raten: McBrandy ist gar nicht Mister Normans Assistent, sondern Ihr Kumpel, der Ihnen helfen sollte, an die Uhr zu kommen!«
»McBrandy ist kein schlechter Kerl«, sagte Bruce. »Ich kenne ihn vom Strand her und habe ihm ein paar Dollar für den Job geboten. Er sollte mir den Rücken frei halten. Irgendwie

muss er mitbekommen haben, dass bei meiner Aktion was schiefgelaufen war und ich festsaß. Da hat er euch offenbar in die Rätselräume gelassen. Ich denke, damit ihr mich befreien könnt. Als ihm das zu lange dauerte, hat er es sich wohl anders überlegt und ist abgehauen. Andy ist nicht so der große Held, müsst ihr wissen.«

»Das glaube ich Ihnen sogar«, sagte Justus und dachte nach. »Aber wenn McBrandy hier nicht angestellt war, wer war dann die zweite Person neben Norman? Die Rätselräume darf man aus Sicherheitsgründen nur zu zweit betreiben!«

»Norman hat eine Assistentin, mit der zusammen er hier alles organisiert«, sagte Bruce. »Als ich mit ihm unterwegs war, hat sie mich überrascht und ich habe sie in eine Art Besenkammer gesperrt.« Langsam hatte Torino genug von der Unterhaltung. »Nachdem das nun alles geklärt ist, beweg endlich deinen Hintern!«, schnauzte er Justus an.

»Es muss irgendetwas mit Las Vegas zu tun haben«, sagte Justus ruhig. »Die Quittung! Die Bilder bei Jeff Ranaldo! Eins war aus Las Vegas. Und waren Sie darauf nicht mit abgebildet?« Justus war sich dessen überhaupt nicht sicher. In Jeffs Campingwagen hatte er nur einen beiläufigen Blick daraufgeworfen, bis Jeff das Gemälde mit dem Straßenmusiker davorgestellt hatte.

»Nun hau da ab!«, brüllte Bruce. »Du treibst mich zum Wahnsinn!« Er tat einen Schritt vorwärts und Justus wich zur Seite. Den Revolver in der einen Hand, versuchte Bruce mit der anderen, die Kuckucksuhr abzuhängen, was ihm schließlich auch gelang.

Justus hatte sich inzwischen zu den anderen gesellt.

»Hab ich dich endlich, mein Schatz!« Bruce hockte sich auf den Boden und legte den Revolver in Griffweite neben sich. Er zog einen Schraubenzieher aus einem Nebenfach seines Rucksacks und wollte die Uhr auseinandernehmen. Doch da klappte bereits die Rückwand ab. Ungläubig drehte Bruce die Uhr über Kopf und schüttelte sie.

»Er ist weg!«, rief er. Dann starrte er Justus an. »Da steckt doch bestimmt ihr wieder dahinter! Ihr habt ihn rausgeholt, auf dem Schrottplatz, stimmt's?«

»Wen sollen wir aus der Uhr genommen haben? Wovon immer Sie sprechen – wenn wir das getan hätten, wäre der heutige Tag wohl anders verlaufen«, sagte Justus. »Warum sollte ein Händler eine funktionierende Uhr zerlegen? Er nimmt sie, staubt sie ab und verkauft sie weiter!«

»Aber wer war es dann?« Torino wirkte am Boden zerstört.

»Was vermissen Sie überhaupt?«, fragte Justus.

»Einen Schlüssel!«, sagte Bruce. »Du hast von Las Vegas gesprochen! Was weißt du?«

»Das war reine Spekulation. Ich fand eine Quittung in Ihrem Rucksack. Und in Jeffs Wohnwagen hing ein Foto aus einer Spielbank in Las Vegas. Es zeigt ihn und einen anderen Mann.« Justus holte Luft. »Sie, Bruce!«

»Ja, wir waren da«, sagte Bruce und stöhnte. »Hin und wieder. Jeff und ich, die zwei Glücksjäger, die gemeinsam in der Spielbank unterwegs waren. Immer auf der Suche nach dem großen Treffer und dabei doch dauernd im Pech. Aber dieses Mal war es anders. Wir hatten eine Gewinnsträhne! Es lief wie im Traum! Als wir die Millionengrenze überschritten hatten, hörten wir auf. Wie immer hatten wir vorher vereinbart, das Geld zu teilen. Doch leider sah Jeff das anders. Er wollte alles für sich haben und legte mich rein. In einem – wie er dachte – unbemerkten Moment deponierte er das Geld in einem Schließfach von dem Glücksspiel-Hotel. Als ich ihm auf die Schliche kam, versteckte er den Schlüssel in dieser Uhr. Sie hing auch in unserem Hotel in einem Flur, der mit lauter Zeug aus Deutschland bestückt war, Bierkrügen, Kuckucksuhren, gerahmten Speisekarten mit Schnitzel und Sauerkraut. Jeff dachte, ich hätte das alles nicht mitbekommen, und wollte erst mal ein bisschen Gras über die Sache wachsen lassen. Aber ich war schlauer als er und konnte ihm zuvorkommen. Ich machte mich einige Tage später auf, um den Schlüssel zu holen – da hatte das Hotel die Uhr mitsamt allen anderen Dingen verkauft! Man wollte neu dekorieren. Ich bekam den Händler heraus, der die Uhr aber inzwischen euch angeboten hatte. Und bis ich das endlich wusste, hattet auch ihr sie schon wieder weitergegeben!«

»Wow!«, sagte Sandy. »Eine Million! Sicher verwahrt in einem Schließfach und man kommt nicht dran!«

»Hör bloß damit auf, Sandy!«, rief Bruce. »Ich werde dem Kerl, der den Schlüssel geklaut hat, alle Knochen brechen!« Er griff sich den Revolver, und Sandy und die drei ??? wichen zurück. Doch nach einem kurzen Moment ließ Bruce die Waffe wieder sinken. Er bückte sich, gab ihr einen Schubs und ließ sie über den Boden gleiten, hin zu den drei ???. »Der Revolver ist nur ein Spielzeug«, sagte Bruce, »keine Angst! Es tut mir leid, dass ich euch erschreckt habe. Geld kann ganz schön den Charakter verändern!«

»Oder unbekannte Seiten in einem hervorrufen«, sagte Justus und hob die täuschend echte Plastikpistole auf. »Jedenfalls danke für Ihren Bericht, Bruce. Doch nun sollten wir uns dem widmen, was wichtiger ist als alles Geld. Nämlich endlich hier rauszukommen!«

Bruce nickte schweigend.

Mit dem Kopf voller Gedanken machte sich die Gruppe an die Untersuchung von SIEBEN. Eigentlich war dieser Gruselraum der Höhepunkt der Rätselkabinette, doch dafür hatten die drei ??? keinen Sinn mehr.

Nach einigen Schreckmomenten, bei denen Bob zusammenfuhr, Peter die Haare zu Berge standen und Justus kühlen Kopf bewahrte, hatten sie sich zum Abschlussrätsel vorgearbeitet. Auch die Tür dieses Raums besaß ein Display. Statt Ziffern enthielt es jedoch Symbole: Axt, Totenkopf, Kreuz, Feuer und so fort.

Der Code zum Öffnen der Tür befand sich auf einem kleinen Zettel. Dummerweise steckte dieser Zettel in einem etwa daumengroßen, oben offenen Minisarg, der auf dem Boden einer gläsernen Karaffe lag, die wiederum in ein steinernes Podest eingelassen war. So war es unmöglich, sie umzudrehen und den Sarg hinauszuschütteln. Und ihre Öffnung war so schmal, dass man auch nicht hineingreifen konnte.

Peter ahnte nichts Gutes. »Wie sollen wir an den Sarg mit dem Zettel kommen?«

»Man bräuchte eine ganz lange, dünne Zange, die durch die Öffnung passt«, sagte Bob.

»Na, dann reich mir doch mal eine!«

»Ein Seil?«, sagte Bruce.
»Ein Seil mit Klebstoff am Ende müsste gehen«, sagte Peter.
»Gute Idee«, stimmte Justus zu, »nur leider haben wir keinen dabei.«
»Spucke?«
»Vergiss es.«
»Oder wir könnten versuchen, den Sarg hinaufzubefördern«, schlug Sandy vor, »so weit, dass wir mit etwas Geschick den Zettel herausziehen können!«
»Das wäre ein Weg!«, sagte Justus nachdenklich. »Vermutlich kann der Sarg schwimmen! Wir müssten Flüssigkeit einfüllen, dann steigt er automatisch nach oben. Das Gefäß läuft nach oben hin zusammen. Der Sarg müsste also direkt unter die Öffnung geraten!« Noch während er das aussprach, wurde ihm bewusst, wo das Problem lag. »Wir brauchen Wasser!«, sagte er.
»Vorhin gab es einen Hinweis, bei dem man flüssiges Blut, äh, also eine Flüssigkeit aus diesem ekligen Schafskopf abzapfen sollte. Ich habe das nicht genauer –«
»Also los!« Justus ging zu dem Tier, das über einer Schlachtbank hing, und untersuchte es genau. Schließlich drückte er auf die beiden roten Augen. Der Mund des Kopfes öffnete sich und man hörte es gurgeln. Ein paar Tropfen spritzten heraus. Reaktionsschnell sprang Peter zur Seite. Dann röchelte es nur noch, bis Justus die Augen wieder losließ. »Jetzt ist klar, warum Rod Norman das Wasser abgestellt hat«, sagte er. »Damit hier keiner mehr rauskommt!«

No exit!

Entsetzt starrten die anderen Justus an. Sie waren kurz vor dem Ziel. Nur eine Tür trennte sie noch von der Freiheit. Und nun das. Es war mehr als ein Schlag in den Magen, es war ein endgültiges K. o.

Jetzt sitzen wir richtig in der Falle, dachte Justus. *In einer tödlichen Falle.* Eingeschlossen in der Burg, gefangen im Labyrinth der Rätsel. Ohne Ausweg. *Nein,* dachte der Erste Detektiv, *das darf einfach nicht unser Ende sein!*

Und dabei hatte alles so harmlos angefangen. Die Sonne hatte geschienen in Rocky Beach. Eine leichte Brise war vom Meer heraufgeweht …

»Niemand wird uns suchen!«, unterbrach Peter Justus' Gedanken. »Unsere Eltern glauben, dass wir heute Abend weiter nach Palm Springs zu Freunden fahren.« Konsterniert sah er den Surflehrer und Sandy an. »Und euch? Wird euch jemand vermissen?«

»Nein«, sagte Bruce. »Nicht wirklich.«

Sandy schüttelte den Kopf. Dann sagte sie: »Höchstens Jeff. Wenn auf den Verlass ist. Aber das weißt du bei dem nie.«

Inzwischen hatte sich Justus etwas von seinem Schreck erholt und sein Gehirn kam wieder in Gang. »Ein paar Trinkvorräte haben wir ja noch, mit denen wir die Karaffe auffüllen können.«

»Sollen wir wirklich unsere Getränke opfern?«, gab Peter zu bedenken. »Dann ist endgültig alles weg und wir hocken hier vielleicht noch tagelang!«

Justus beugte sich über die Öffnung der Karaffe und starrte hinein. Dann sah er die Trinkflaschen an. Er legte die Stirn in Falten.
»Justus, was machst –«, begann Bruce, doch Bob unterbrach ihn. »Still. Justus rechnet!«
Sie schwiegen.
»Die Trinkvorräte müssten etwa die Hälfte des Gefäßes füllen«, erklärte Justus kurze Zeit später. »Um an den Zettel mit dem Code zu kommen, reicht das noch nicht. Ich habe einen Vorschlag. Wir waren doch eine ganze Weile nicht mehr auf der Toilette …«
»Du meinst, wir sollten …«, sagte Sandy.
Justus nickte.
»Probieren können wir es«, sagte Bruce. »Bier läuft flott durch.«
»Eklig!«, rief Bob.
»Hast du eine bessere Idee?«, fragte Peter.
»Ja«, sagte Bob. Die hatte er in der Tat. »Bei einem der Rätsel gab es ein Säckchen kleiner magischer Steine. Sie müssten im Wasser zu Boden sinken und es verdrängen. Dadurch steigt der Wasserspiegel!«
Die Idee hätte von Justus sein können, und entsprechend staunend sah er den dritten Detektiv an. »Probieren wir es«, sagte er.
Sie setzten sich um die in den Boden versenkte Karaffe. Justus begann damit, die Getränke in die Öffnung zu füllen. Vorsichtig, sodass nichts in den Sarg lief. Wie Justus berechnet hatte, war das Gefäß anschließend halb voll. Der Sarg schwamm auf dem Gebräu und in ihm lag der Zettel mit

dem Code. Justus stieß das kleine Schiff mit dem Schraubenzieher sanft an, sodass es zur Seite glitt. Nun konnten sie die Steine nachfüllen.
Jetzt fehlten vielleicht noch fünf Zentimeter bis zur Öffnung. Fünf Zentimeter zu viel. Es war einfach nicht möglich, so tief durch die gut fingerdicke Öffnung zu greifen.
Ratlos sahen sich die drei ??? an.
Bobs Gedanken irrten umher. »Was hast du eigentlich durch den Detektor geschmuggelt, Sandy?«, fragte er mit einem Mal.
»Ich? – Nichts!«, rief Sandy entrüstet, doch dann lächelte sie und schnappte sich ihre Tasche. Sekunden später hatte sie eine kleine Schatulle in der Hand. »Das hier!«, sagte sie. »Mein Schminkzeug! Ohne das kann ich nicht!«
Die drei ??? grinsten sich an. Da hatten sie mit Gefährlicherem gerechnet.
»Warum habe ich nicht gleich daran gedacht …« Sandy klappte das Set auf und entnahm ihm eine Wimpernpinzette. Lächelnd setzte sie sich an die Öffnung.
Alle hielten den Atem an. So konnte es gehen.
Mit ruhiger Hand gelang es Sandy, das Ende des Zettels mit der Pinzette zu greifen. Vorsichtig zog sie ihn durch die Öffnung. Dann hielt sie ihn Justus unter die Nase. »Bitte schön, der Herr!«
Justus strahlte sie an. Er nahm den Zettel und faltete ihn auseinander. »Die Lösung lautet: Totenkopf, Axt und Feuer«, sagte er. Seine Stimme zitterte leicht. »Ich denke, wir haben es geschafft!«
Er eilte zur Codeeingabe.

Und Sekunden später war die Tür auf! Das Rätselkabinett war besiegt!
Im Eilschritt ging es nach draußen. Zunächst gelangten sie in einen Gang, an den sich bald darauf eine Treppe anschloss, die sie wieder aus dem Keller hinausführte.
Als Bruce die Treppenstufen hochsprang, rief er: »Dieser Norman! Woher hat er von dem versteckten Schlüssel gewusst? Ich habe ihm doch nur befohlen, mit mir in den Raum zu gehen, in dem die Kuckucksuhr hing!«
Sie passierten die Abstellkammer, in die Bruce Rods Assistentin eingesperrt hatte. Die Tür stand sperrangelweit offen.
»Ich fürchte, der Betreiber des *NO-EXIT* und seine Assistentin besorgen sich gerade Ihre Million, um sich eine schöne Zeit zu machen«, sagte Justus. »Obwohl – woher sollte er wissen, wo der Schlüssel passt?«
»Oh nein, in der Eile hatte ich den Schlüssel in ein Papier eingewickelt, damit er nicht klappert!«, sagte Bruce gereizt. »Und auf dem Zettel stand ...«
»... der Name des Hotels«, vollendete Justus den Satz.
Bruce nickte.
Kurze Zeit später erreichten sie die Empfangshalle der Rätselburg. Wie erwartet war sie menschenleer. Von McBrandy keine Spur. Immerhin waren ihre Sicherheitsfächer unversehrt. Bis auf eins.
»Der Kerl hat mein ganzes Zeug ausgeräumt!«, schäumte Sandy. »Geld, Handy, bloß die blöden Armreifen hat er dagelassen! Als ob er gewusst hätte, dass das nur billige Strandware ist ...«
»Und die Dollar aus der Kasse fehlen auch«, sagte Justus, der

sich wie die anderen sofort ein Getränk aus der Kühltheke geschnappt hatte. »McBrandy hat sich eingesteckt, was zu greifen war. Vielleicht hättest du doch eine andere Zahlenkombination wählen sollen als *eins, zwei, drei* und *vier*, Sandy!«

»Vielen Dank für den Tipp!«

Die drei ??? holten ihre Wertsachen aus den Fächern. Als sie sich danach im Raum umsahen, war Bruce, der ihnen eben noch zugesehen hatte, von der Bildfläche verschwunden.

»Egal«, sagte Justus. »Ich schätze, er nimmt per Motorrad die Verfolgung der Flüchtigen auf, um seine Million zu retten. Aber wenn das, wie anzunehmen ist, heute früh im Auto die beiden Betreiber waren, dürfte er kaum eine Chance haben. Ihr Vorsprung ist viel zu groß!«

Justus schaltete sein Handy ein. Eine Nachricht war auf der Mailbox. »Onkel Titus«, sagte er und merkte auf. »Ich schalte auf laut!«

»Hallo, Justus. Leider habe ich euch vorhin verpasst, bevor ihr zum NO-EXIT aufgebrochen seid. Das wird ja von Mr Norman betrieben, einem Kunden von mir. Ich wollte euch bitten, ihm zu sagen, dass da vor ein paar Tagen gleich zwei seltsame Typen nach der Uhr gefragt haben, die er bei mir gekauft hat. Der eine wurde richtig aggressiv, um von mir zu erfahren, an wen ich das Ding verkauft habe. Könnte also sein, dass der im NO-EXIT auftaucht. Na ja, dann rufe ich Mr Norman am besten doch direkt an. Viel Spaß beim Rätseln, ihr drei!«

»Jetzt ist mir einiges klar«, sagte Justus. »Durch den Anruf von Onkel Titus war Mr Norman vorgewarnt. Als Bruce ihn in die Mangel genommen hat, wusste er schon, dass es ihm um die Uhr ging. Er hat Bruce überlistet, die Uhr geöffnet und den Zettel mit dem Schlüssel entdeckt. Ihm war klar, dass es um sehr viel gehen muss, sonst hätte Bruce nicht so einen Aufwand betrieben. Und statt sich bei der Polizei zu melden, entwickelte er kriminelle Energie.« Er tippte wieder auf sein Telefon. »Ich werde Inspektor Cotta informieren, vielleicht kann er noch eingreifen.«

Nachdem die Polizei alarmiert war, liefen sie zum Parkplatz. Einsam und verlassen stand ihr VW in der prallen Sonne. Doch als sie näher kamen, wartete die nächste Überraschung. Die Reifen waren zerstochen. »McBrandy!«, sagte Bob. »Damit wir ihn nicht verfolgen. Oder Bruce.«

»Und seht mal da!«, sagte Justus und deutete auf den Waldrand. Im Schatten stand dort am Rand der Zufahrtstraße ein Campingwagen, der ihnen wohlbekannt war. Jeff Ranaldo wartete auf sie. Offenbar wollte er keine Zeit verstreichen lassen und Ergebnisse sehen.

»Na, der kann was erleben«, sagte Sandy und setzte sich in Bewegung.

Die zwei Glücksjäger

Jeff hatte die Türen der Wohnkabine aufgeklappt. Entspannt lag er auf seinem Bett, in eine Lektüre vertieft. So sehr, dass er die vier erst im letzten Moment wahrnahm.
»Da seid ihr ja!«, rief er erfreut. »Ich wusste es doch! Ihr packt das! Und ihr seid gut in der Zeit!«
»Fast hättest du uns nicht mehr wiedergesehen, Jeff!«, rief Sandy. Sie drängelte sich an den drei ??? vorbei und kletterte in den Wagen. »Ich habe mit dir ein Hühnchen zu rupfen, du mieser kleiner Falschspieler!«
»Wieso?« Erschrocken ließ Jeff das Buch fallen.
»Die Wette, von der Sie uns erzählt haben, gibt es gar nicht!«, rief Peter. »Sie haben uns reingelegt! Nur um an die Million zu kommen!«
Wütend berichteten die drei ???, was vorgefallen war.
Jeff hörte ihnen zu, stellte ab und zu ein paar Zwischenfragen, und seine Gesichtsfarbe wurde immer fahler.
»Ja. Ich habe euch belogen«, gab er schließlich zu. »Es tut mir leid. Aber hätte ich sagen sollen: ›Leute, ich will an eine Million Dollar?‹ Da gerät doch jeder in Versuchung!«
»Wir nicht«, sagte Peter entschieden. »Aber dass Sie so was annehmen, ist ja klar! Schließlich wollten Sie selbst Bruce um seinen Anteil betrügen!«
»Was erzählst du da? Es war genau umgekehrt. Bruce wollte plötzlich alles für sich allein! Mit der platten Begründung, dass er es war, der im letzten Spiel unseren Gewinn noch mal verdoppelt hat! Er setzte beim Roulette auf Rot. Und es kam

Rot. Aber so war das nicht abgemacht! Das Geld gehört uns beiden! Zu gleichen Teilen.«

Die drei ??? sahen sich an. Wem sollten sie glauben? Obwohl das letztlich auch egal war.

Jeff war noch nicht fertig. »Bruce trickste mich aus, deponierte das Geld in einem Schließfach. Doch ich saß ihm im Nacken. Ich hab das mit dem Schlüssel in der Kuckucksuhr rausbekommen, als er nach ein paar Tagen im Hotel danach gefragt hat. Er hatte gedacht, er hätte mich abgeschüttelt. Aber die Uhr war weg. Ich verfolgte selbst ihre Spur, und die führte mich erst zu einem Altwarenhändler aus Las Vegas, von ihm aus zu eurem Schrottplatz und letztlich in das Rätselschloss. Bruce muss das auch alles herausbekommen haben. Er hat sich dann offenbar für die brutale Tour entschieden, um an den Schlüssel zu kommen. Ich gönne diesem Mistkerl, dass es nicht geklappt hat!«

»Ich vermute, der Ölmilliardär Sardovski hat mit der ganzen Geschichte nichts zu tun?«, fragte Justus.

Jeff schüttelte heftig mit dem Kopf. »Nein, nein. Dem gehört wirklich nur der Laden hier.«

»Die Party, auf der angeblich die Wette verabredet wurde, hat aber stattgefunden!«, warf Bob ein.

»Klar! Das habe ich alles recherchiert, um meine Geschichte möglichst glaubhaft und wasserdicht zu machen. Schließlich seid ihr ja keine Dummköpfe.« Jeff grinste sie gequält an. »Und es lief ja auch alles so gut an ...«

Eine Weile schon lag Bob eine Frage auf der Zunge: »Warum sind Sie nicht selbst in die Burg der Rätsel eingestiegen und haben stattdessen uns vorgeschickt?«

»Ich habe …«
»… Raumangst«, ergänzte Justus mit einem Blick auf Jeffs Lektüre. »Ein Buch über den Umgang mit Klaustrophobie.«
Jeff nickte. »Ich kriege in verschlossenen Räumen sofort Schweißausbrüche. Und irgendwann Panik. Das kann ich vielleicht eine Weile lang durchstehen. Aber sieben Stunden? Da recherchierte ich ein wenig, dachte mir diese Geschichte aus und fand euch. Ein paar clevere Jugendliche. Und ihr hattet die Fantasie, meine Geschichte zu glauben!«
»Sandy gaben Sie dann den Auftrag, jeden Schritt zu notieren. Angeblich um einen Schiedsrichterbericht zu machen.«
»Und ich habe es geglaubt!«, sagte Sandy.
»Was hätten Sie mit dem Bericht gemacht?«, fragte Peter.
Bob sagte: »Ist doch klar: Jeff wollte die Lösungen der Rätsel wissen. Vor allem die Türcodes. Er hätte sich zusammengerissen und einen Schnelldurchgang gewagt. In kurzer Zeit wäre er bei der Uhr gewesen. Das hätte er sich gerade noch zugetraut.«
»Genau«, bestätigte Jeff und zeigte auf das Buch. »Ich war eben dabei, mich mental vorzubereiten.«
Sandy konnte es immer noch kaum fassen. »Die zweite Rätseltour hätte es also nie gegeben! Die Lehrer … nur Fake. Und meine tausend Dollar?«, fragte sie. »Es ist eh schon unverschämt, mir nur *tausend* Dollar anzubieten, wenn es um *eine Million* geht!«
»Tja … dich hätte ich aus dem Gewinn bezahlt.«
»Ach nein, Jeff! Sag jetzt nicht, dass du mein Geld gar nicht hast. Das habe ich schon fest eingeplant!«
»Ich kann dir höchstens ein paar Zehner geben.«

Sandys Gesichtszüge zerfielen.
»So schlimm wird es schon nicht sein«, versuchte Justus, sie zu trösten, »schließlich besitzt du ein Strandcafé.«
»Schön wär's«, sagte Sandy matt, »in Wirklichkeit helfe ich dort gelegentlich als Kellnerin aus.«
Bob lächelte. Das mit dem Café war hier eine der harmloseren Lügen.
»Wir suchen manchmal Aushilfen«, sagte Justus, »auf dem Schrottplatz. Ich werde mit Onkel Titus reden.«
»Danke, Justus. Wenn ihr den Leuten Kaffee anbietet, serviere ich gerne«, sagte Sandy. Mit einem Blick auf Jeff fügte sie hinzu: »Wenn aber doch noch was von dem Geld auftaucht, dann sind die tausend fällig, Jeffy!«
»Und dann stoßen Sie auch Ihren alten Camper an uns ab«, fügte Peter hinzu.
»Ja, beides versprochen«, sagte Jeff gedrückt. Die Enttäuschung über das verlorene Geld war ihm deutlich ins Gesicht geschrieben. »Fahren wir?«
Die drei ??? nickten. Machen konnten sie ohnehin nichts mehr, eine Fahrt nach Las Vegas war durch Rods großen Vorsprung sinnlos.
Jeff setzte sich ans Steuer, Bob und Justus rückten ebenfalls auf die Vorderbank, während Peter und Sandy in der Wohnkabine Platz nahmen.
Sie tuckerten los durch die kleine Zufahrt im Wald. An der Kreuzung bogen sie ab und fuhren schweigend weiter. Kein Auto begegnete ihnen.
In einer Kurve bremste Jeff dann plötzlich so scharf ab, dass Peter und Sandy fast durch die Kabine flogen.

Mitten auf der Straße lief ein Mann.
Bruce.
Er blieb stehen und drehte sich um. Jeff stoppte neben ihm und ließ das Fenster herunter. »Du Mistkerl, Bruce! Hat es deine schrottige Harley zerlegt? Geschieht dir recht, Mann!«
»Nein, nein, ich bin mit meinem Chevi gekommen, aber den hat sich mein toller Kumpel geschnappt!«
»Ich gönne es dir, Verräter!«
»Ja, ich war ein Idiot, Jeff, geb ich ja zu. Tut mir leid.«
»Tut mir leid, tut mir leid ... Du *warst* kein Idiot, Bruce, du *bist* einer! Und zwar ein unglaublicher! – Also los, steig schon ein.«
Bruce ging um den Wagen herum und öffnete die Seitentür. Bob und Justus rückten zusammen, sodass sich Bruce noch auf die Bank quetschen konnte.
»Da sind wir also wieder zusammen«, sagte Jeff, »zurück auf null. Warum musstest du dir auch alles unter den Nagel reißen wollen!«
»Ja, war eine dumme Idee.«
Justus' Handy klingelte. Er ging ran. »Ja? ... Ja, Inspektor ... Werde ich ausrichten, Inspektor. ... Ja, wir kommen alle direkt zu Ihnen.« Er unterbrach die Verbindung.
»McBrandy wurde in Santa Monica festgesetzt, als er Sandys Handy zum Verkauf angeboten hat. Aber Rod und seine Assistentin waren schneller als die Polizei«, sagte er. »Das Geld ist erst einmal weg! Aber Inspektor Cotta ist zuversichtlich, dass er die beiden noch aufspüren kann. Die Dollars gehören ja ganz offiziell Ihnen, Bruce und Jeff. Die Frage wird nur sein, wie viel davon noch übrig ist, wenn die Polizei

das Pärchen erwischt. Die beiden sind polizeilich keine Unbekannten. Vor Jahren wurden sie wegen verschwenderischen Betrugs belangt. Nun schienen sie Fuß gefasst zu haben, doch bei solch einer Gelegenheit griffen die zwei wieder zu.«

»Habt ihr nicht Lust, euch an ihre Fersen zu heften?«, fragte Jeff die drei ???. »Quasi in unserem Auftrag?«

Justus schüttelte den Kopf. »Wochenlang durch die USA zu reisen ist für uns leider kaum umsetzbar, so verführerisch der Gedanke auch sein mag! Außerdem hätten Sie uns dann nicht anlügen dürfen, sondern hätten gleich die Wahrheit sagen müssen!«

»Das kann ich verstehen«, sagte Jeff. »Dann trefft ihr mich wohl erst einmal wieder in der Fußgängerzone.«

»Und mich in meiner Surfbude«, sagte Bruce. »Wobei ich schätze, dass ich für meine Eskapaden in der Rätselburg eine Strafe aufgebrummt bekomme. Vielleicht kannst du solange meinen Laden übernehmen, Jeff.«

»Oder ich!«, sagte Sandy. »Im Surfen bin ich besser als im Schrottteilesortieren, so nett dein Angebot auch ist, Justus.«

»Meine Offerte steht weiter, Sandy.« Justus drehte sich nach ihr um. »Ach, aber ein Punkt ist noch offen: Ich habe dich noch nicht auf dein T-Shirt angesprochen«, sagte er. »Der Schattenriss mit dem tanzenden Mädchen und den Kopfhörern, so ganz abgeschnitten von der Welt – das ist doch dein Gesichtsprofil, oder?«

Sandy lachte. »Stimmt, Justus, du bist einfach unschlagbar! Ich habe mir das heute Morgen übergestreift, weil ich so schlechte Laune hatte. Wisst ihr, ich hatte eigentlich überhaupt keine Lust auf den Job, geschweige denn auf andere Leute! Es gibt wirklich Schöneres, als mit ein paar Halbstarken durch abstruse Rätselräume zu ziehen. Ich habe das nur wegen des Geldes gemacht! Doch inzwischen denke ich: Ihr seid zwar ziemlich spezialgelagert, aber wirklich okay!«

»Alle?«, fragte Justus.

»Ja, alle«, sagte Sandy lächelnd.

Ein Team. Ein Raum. Die Zeit läuft ...

Ihr seid gefangen in einem Raum. Nur ein seltsames Buch und eine rätselhafte Drehscheibe können euch helfen so schnell wie möglich zu entkommen. Hierzu ist Köpfchen und Teamgeist gefragt. Wird euch die Flucht gelingen?

Das Live-Escape-Room-Event für 1–6 Spieler, ab 12 Jahren.

Der atmosphärische Nervenkitzel für zu Hause!

exit-das-spiel.de

Die drei ???® ... ihre großen Fälle!

- ☐ Der finstere Rivale
- ☐ Das düstere Vermächtnis
- ☐ und der Geisterzug
- ☐ Fußballfieber
- ☐ Geister-Canyon
- ☐ Schatten über Hollywood
- ☐ Schwarze Madonna
- ☐ Fluch des Drachen
- ☐ Haus des Schreckens
- ☐ Fels der Dämonen
- ☐ Der tote Mönch
- ☐ und das versunkene Dorf
- ☐ Das Geheimnis der Diva
- ☐ und die Fußball-Falle
- ☐ Grusel auf Campbell Castle
- ☐ Der namenlose Gegner
- ☐ Skateboardfieber
- ☐ Im Netz des Drachen
- ☐ Im Zeichen der Schlangen
- ☐ Die blutenden Bilder
- ☐ und der schreiende Nebel
- ☐ und die schwarze Katze
- ☐ und der verschollene Pilot
- ☐ Im Schatten des Giganten
- ☐ Fußball-Teufel
- ☐ und das blaue Biest
- ☐ und die brennende Stadt
- ☐ GPS-Gangster
- ☐ Das Rätsel der Sieben
7 Kurzgeschichten
- ☐ Straße des Grauens
- ☐ Die Spur des Spielers
- ☐ und das Phantom aus dem Meer
- ☐ Tuch der Toten
- ☐ Eisenmann
- ☐ Dämon der Rache
- ☐ Sinfonie der Angst
- ☐ und der gestohlene Sieg
- ☐ Die Rache des Untoten
- ☐ Der Geist des Goldgräbers
- ☐ Der gefiederte Schrecken
- ☐ und der Zeitgeist
6 Kurzgeschichten
- ☐ und die flüsternden Puppen
- ☐ Das Kabinett des Zauberers
- ☐ Im Haus des Henkers
- ☐ Schattenwelt
Trilogie
- ☐ und der letzte Song
- ☐ und der Hexengarten
- ☐ silbernes Amulett
- ☐ und der Mann ohne Augen
- ☐ Insel des Vergessens

kosmos.de/die_drei_fragezeichen